KB133751

백령, 세한도(歲寒圖)

김태은 시집

백령,
세한도

|歲寒圖|

김태은 시집

플래닛미디어
Planet Media

'詩처럼 군인의 삶을 살아 보이자.'
군문에 들어서며 다짐했다.

지난 30년,
휴전 상태인 분단국가의 군인으로 살면서
마땅히 군인으로서 있어야 할
그 자리에 있고자 했다.
전방과 후방, 바다와 섬들을 떠돌고
해안과 고지들을 넘나들며
가끔 외롭고 막막할 때마다
김종서 장군의 시를 생각했다.
"삭풍은 나무 끝에 불고
명월은 눈 속에 찬데
만리변성에 일장검 짚고 서서……."

열악한 근무 환경에도
묵묵히 책임과 의무를 다한
군인들과 함께하였기에 참 행복했다.
힘들고 어려운 곳에서 더 오래 함께하지 못해
미안함과 아쉬움이 남는다.
군생활을 마무리하며
군인으로서 詩처럼 살고자 노력했던 날들을
정리하는 의미로 이 시집을 내게 되었다.
같은 시대 군생활을 함께한 전우들과
가족 모두에게 감사의 말을 전한다.

기다려주시지 않은 어머님의 영전에 이 시집을 바친다.

2013년 3월
김태은

백령, 세한도(歲寒圖)

| 제4부 | 섬

제1부

군문(軍門)에서

군인이 되어

침묵의 많은 날이 지난 뒤
나는 예정된 삶의 노정을
호올로 꿋꿋하게 걷고 있었다

기갈과 격정의 미욱한 사랑과
둑을 넘치듯 신열 앓던 용기와
타듯 목마름에 뒤척이던 이상도
이젠 늦가을 햇살처럼 밝고 투명한 빛일 뿐
가슴 펴 우러른 하늘
되돌아갈 맑고 푸른 역사에
아무것도 날 위해 기도한 적 없고
스스로 버리거나 포기함은 없었음

인적 드문 산 속 호젓이
오욕(汚欲)과 탐욕을 피하여
멀고 미련하게 돌아서 온 길
계곡을 흐르는 물소리 고요하여
갈대숲의 스산한 바람 가슴에 젖고
숲 가까이 나는 새들도
환한 자유로 숨 쉬고 노래하는
그 길을 좇아서 왔을 뿐이다

보여도 기억될 수 없고
강요돼도 한 치 받아들일 수 없는
내 삶의 방식대로
더 훗날 나의 삶은
그런대로 넉넉할 것이다

비상(非常)

이따금 아무도 몰래 떠나는 연습을 한다

모두의 곤한 꿈 저편의 어둠 속에서
피곤한 육신을 일으켜 세워
찬찬히 전투복을 챙겨 입고 문을 나서다
가만, 갓전등을 켜고는
남기고 가는 것들을 둘러본다

안분과 자족의 삶을 지켜
하루하루 성실하게 살아온
정돈된 공간에 남겨진
스물 몇 해의 시리고 아픈 추억들과
손때 묻은 몇 권의 책들
펼쳐진 노트에 쓰다가 만 몇 줄 시처럼
미완성인 채로 어설픈 내 삶을 버려두고
어느 미명의 새벽 나는
이렇게 떠나야만 하는가

죽음을 맞이하러
칼날같이 매서운 바람 일렁이는

낯선 산을 넘고, 험한 바다를 건너
어머니 품처럼 따스함이 남아 있는
펼쳐진 대로의 이부자리
기약 없는 훗날 돌아와 저 포근함 속에
고단한 육신을 눕힐 수 있을까

투명한 눈물 속에 떠오르는
사랑하는 역사여, 어머니 아버지
그 곤한 잠과 꿈을 지켜
소리 죽여 문을 나선다

육신은 부서져도 조국은 영원이야
차고 시린 별 하나
훈장처럼 가슴에 박혀온다

군막(軍幕)에서

첩첩이 산이 둘러싸고 있어
길은 외줄기 시냇물 길
홍천강을 따라 흘러 오늘은
치악산 자락에 군장을 풀다

틈서리 꼭꼭 여미어도
나뭇잎 하늘 한 바닥 못다 가려
춘삼월 매서운 바람 끝에
쏟아질 듯 별빛 가득 비쳐들고
한 자루 촛불 밝혀 군막을 밝히면
일렁이는 불꽃마다 이 산 저 산에
진달래꽃 소리 없이 피어나고
맑은 촛물 흐를 때마다
이 골짝 저 언덕에 산유화가 지는가

가슴을 눌러오는 피곤의 무게로
곤곤한 잠결을 돌아 흐르는 물길
정처 없는 기억을 더듬어 무거운 발길은
또 어느 험한 고개를 아련히 넘어간다
말 한마디 전할 수 없는 나그넷길

긴긴 이별의 예감
길은 외줄기 시냇물 길
첩첩이 산이 날 에워싸고 있어

자시(子時)에

홑청 한 장으로 가린 어둠
사나운 바람이 멎기를 기다려
이리저리 뒤척이는 밤

높은 산을 둘러둘러 병풍 친
푸른 숲, 깊은 골짜기 어디서부터
도도한 바람의 강은 시작되어
이리 계곡을 넘쳐흐르는지
성난 들소 떼를 몰아
꽝꽝 언 대지를 두들겨
지금 나를 흔들고 가는 바람은
대륙의 어디쯤에서 멎어버릴까
다시 되돌아올까
또 어느 대양의 끝에서
내게 닥칠 거센 바람이
폭풍처럼 꿈틀대고 있을까

오늘도 별 빛 가득한
적막한 산자락에 누워
시린 발끝을 포개고

기다리고 기다리는 새벽
내일은 또 어느 서러운 고향에서
외로운 바람을 만날까

노숙(露宿)

누룽지, 우거지국 익어가는 냄새
개울 건너 토담마을의 저녁연기
가물가물 멀어지는 낯익은 풍경들
아득히 건너다본다
해 저문 산그늘에 누워
등골 서늘히 전해오는 잔설(殘雪)의 냉기
머리끝까지 가려 침낭을 덮어쓰고
등 따습고 배불렀던 날들
기억의 순례

야간 공격을 기다리며

우두커니 지워지는
산죽(山竹)들의 그림자 따라
스산히 흔들리는 마음의 호롱불
이지러진 선잠결에 새겨듣는
밤늦게 눈보라, 내일은 강추위
전신투지(全身投地)의 고행도
이쯤에선 쉬고 싶다
미명의 새벽 어디쯤에선가
깨어나야 하는

야간 공격을 기다리며

우중 야간공격

어둠의 산을 오르며
내 안에 빛 가득함은
자만이려니 마음하고
정작 지금 바라보는 하늘처럼
내 안도 고요하게 비워두고
지금 딛고 선 두터운 침묵처럼
울창한 잡목 숲, 가시밭 계곡을 건너
한 치 앞도 더듬어 오르려니
번개 긋는 빛에 하늘 모습 보고
취우(驟雨)에 이끼 낀 마음 씻어내어
나이답지 않게 조심이나 하지 않고
한 눈 떠 어둠이나 비껴가고
감은 눈에 나를 채워 나가면
바람 끝에 사려둔 성긴 솔가지
마음에서나 무성하게 자라
지금은 비록 산도 물이요
물도 산의 혼돈이려나
내 안의 빛처럼
세상사 밝게 동터오면
세상이사 내 안의 빛처럼
찬란한 아침이려오

야간 방어(防禦)

등 뒤로 더욱 짙은 어둠에 기대고
칠부능선 산병호(散兵壕)를 따라 덫을 놓아
승리를 예감하며 이따금 호흡이 가빠지고
둥! 둥! 둥! 가슴을 울리는 쇠북소리

싸늘한 검신을 닦고 탄환을 재는
날랜 손끝에 힘줄이 솟아
몰려와라 어둠의 깊은 늪으로
날선 비수의 끝까지 다가서라

나는 다만 칼끝으로 어둠을 갈라
전투를 알리는 외로운 깃발
한 치의 박토(薄土)와 맞바꾸어 아깝지 않을
내 고깃값은 해야지

군복의 연륜만큼 내 나이는 스물
여기 잠들면 뜨거운 이름 물 위에 띄우리

오수(午睡)

지친 발걸음 끄을고
숨어든 산중의 한나절
켜켜이 포갠 낙엽 사이
고요가 뒤척이고
고목처럼 지쳐 쓰러진
고단한 육신들
나그네 옷깃에 젖어드는
아스라한 들꽃 향기
철모를 벗고
무장에 기대어 듣는
돌에도 스며들 듯 풀벌레 소리
등줄기에 가득 피어난
하얀 소금꽃을 씻으며
아득한 꿈 요요히
고향 하늘을 날아내린다

빗과 거울

길고 지루한 전장
죽음의 고비마다 너를 그렸다

떠도는 산하(山河) 오늘은
서럽도록 어둑한 구절산 그늘
빈 가슴 아리도록
씻겨 흐르는 홍천강 물소리

땀에 찌든 무장에 누워
소총을 어깨에 기대고
품속 깊이 넣어온 손거울을 본다
애잔한 이별 끝에 전해온
뜨거운 마음 한 조각

한달음에 산맥을 넘어오는
삭풍 매서운 변방
몇 해 겨울 수자리에
검붉은 얼굴, 희끗한 귀밑머리

거역하며 또 절망하며
내 생명 이렇듯
푸르르게 깨어 있어
또한 그리운 그대 있음에

절박함 속에서만
한 치씩 키를 키워내고
선인장처럼 붉디붉게
꽃피워 내던 내 사랑이여

내일이면 돌아가
그대 앞에 서리
깔끔하게 자란 머리카락
금빛 빗으로 추스르며

오늘도 손거울을 보며
스무날 자라도 밤송이 같은
손끝에 잡히지도 않는
머리를 빗는다

서럽도록 슬픈 사랑
쓸어내리듯 잠재운다

표적(標的)

애잔한 이별의
그 고운 눈물 빛깔만큼이나
환하게 내 삶을 지켜주던
긴긴 기다림의 표적

삼년 아니 삼십년이라도
손꼽아 기다리겠다던 그 눈물을
차마 잊을 수 없어 미련처럼 간직한
아직도 소중한 너는
그저 하얗게 빛바래어가고

흔들리는 창백한 달빛 아래
변방(邊防)의 외로운 밤들
매서운 바람처럼 스쳐가는
기억들과 눈물로도 못 다 채우는
허전한 마음의 빈터에서
총을 겨눈다

눈을 감아도 또 감아도
출렁이는 눈물 속에

환하게 볼 수 있는
돌아선 너의 뒷모습에
가로 세로 십자가를 긋는다

외롭고 슬플 때마다 너는
나의 표적이 된다
증오와 갈망의 표적이 된다

주몽의 꿈

이제껏 꿈꾸는가
귀밑머리 백발이 돌아오는
불혹(不惑)의 새벽
고삐 없는 갈기 푸른 말을 타고
저 설움의 강을 날아 넘어
할아버지의 하늘
기름진 너른 들녘엔
누른 곡식이 가득 익어
흰 옷 입은 백성들 배부른 땅
아직도
꿈은 푸르르고
사상(思想)은 위험하고
사랑은 음험(陰險)하여
북진(北進)과 북벌(北伐)을 꿈꾸는가
장산반도 박빙(搏氷)의 하늘 너머
해동청 보라매 넘나들던
저 북만의 땅 끝까지
높은 뜻 거룩히 빛나시어
오늘 우리들의 의로운 유혹
피 묻은 깃발 흔들며

수복지에 아득히 눈이 내린다
반란(反亂)과 음모(陰謨)의 꿈을 덮어

사진

하늘에서 바다로, 산으로
바다에서 강으로, 산으로
가시덤불과 철조망을 넘나들고
심연의 바다 해초 숲을 헤쳐가는
모질고 독한 인고의 세월
훈련과 기합으로 다져진
검은 얼굴, 험한 근육들
기억 속엔 안 받아본 훈련 없고
생사의 기로를 넘나들며
모진 고생 다 겪었어도
달 뜨는 밤 근무지에 서면
허전하고 외로운 바람소리
뜨겁게 가슴 치미는 그리운 얼굴들
하나씩 떨쳐보는 빛바랜 인연들
또 하루 지워버린 기다림의 날
눈물 속 추억들은 너에게로
아득한 기다림을 이어주지만
마음 깊은 또렷한 기억 속
손때 묻은 그대 모습은
고즈넉이 빛바래어간다
초라하게 잊혀져간다

오늘은 외롭고 슬퍼도
떳떳한 젊은 날의 소중함이여

텃밭을 가꾸며

막사 뒤 산자락에
손바닥만한 텃밭을 일구어
씨앗을 뿌렸다

삼백예순다섯 날 날마다 밤마다
죽음을 넘나드는
가슴 조이는 긴장으로 새워
허하고 여윈 마음들
소총 대신 호미를 잡은
근육 진 가슴들 속에
작은 평화와 소망을 함께 심었다

철조망 둘러쳐진 메마른 영토 안에
인정의 넉넉함으로
사랑과 자유의 싹을 틔워내고
물 주고, 풀 매며 기도하듯
대견함으로 지켜보아
첫새벽마다 한 치씩 자라나는
맑고 푸른 여유

노을 고운 초여름 날
우리들의 소박한 식탁엔
믿음처럼 풍성한 푸성귀를
가득 올리리라

내 길에서

저만치 보이는
숲으로 이어진 좁은 길
산새들 지저귀고
마른 들꽃들 흔들려
외롭고 쓸쓸한 대로
밝고 환한 길

훈장이 아니어도
장군이 못 되었어도
시(詩)처럼 맑고 푸르러이
군인을 살다 간
이름 없는 고귀한 사나이들의
진한 땀과 피
눈물 얼룩진 길

얼어붙은 대지
북풍한설 매서운 변방
동쪽 끝에서 서북 끝까지
바람처럼 불려 다니는 길
기꺼운 마음으로

마땅히 가야 할 길
떳떳하고 당당하고
자랑스러운 길

내 길에서

10년, 다시 이 자리에서

맑은 물 한 줄기
대양으로 흘러나간 그 자리
더욱 젊고 힘찬 강줄기
끝없이 솟아나는구나
10년 전 이 언덕에서
힘찬 함성으로 대륙으로 향했던
우리들의 갈기 푸른 꿈
아직도 그 뿌리 청청하구나
스무 살 우리의 기개와 의기는
물질과 인의(人意)에 구속되지 아니하고
지위와 권세로도 소유할 수 없는 것
누가 배반의 비수를 감추고
이 성전의 이름을 더럽히려는가
귀밑머리 백발이 돌아오는
불혹의 저 언덕 푸른 바다
다시 이 자리에서
스무 살 팔뚝에 힘 돋는 충무의 혼이여
쇳소리 뱃심에 차오르는 옥포의 기백이여
이 언덕 저 깊은 바다에 우리 묻어둔
북만주로의 고독한 야망

청해진으로의 외로운 영광
높은 뜻 길이 이어 거룩히 빛나리라

잃어버린 편지

아득한 기다림
그리고 헤어짐을 꿈꾼 뒤에
내게 닿지 못한
또는 너에게 이르지 못한
뜨거운 마음 있었음을 알게 됨으로
가슴 아리게 스쳐가는
아쉬운 이별들
전화선 한 가닥 닿지 못한
눈보라 험한 산봉우리
서북 바다 끝 외딴 섬에서
한 조각 낙엽으로 마음을 전한
고독과 슬픔과 갈망의 날들
되돌려 받지 못한 아픔으로
위로해주지 못한 슬픔으로
잃어버린 편지

아득한 기다림, 그리고
애틋한 재회를 꿈꾸며

공간 4 (목욕탕에서)

만적의 아비 적부터
즈믄 해를 그냥 그렇게
쉼 없이 흘러온 물줄기
오늘은 심장을 식히며
은빛 수도꼭지를 타고
어둠 속에서 쏟아져 내렸다
근원의 물소리는
우리들 의식만큼이나 깊고 우렁찼지만
오늘 이 어둠을 겹낸 공간에선
거친 숨을 삼켜 자지러질 듯
자지러질 듯 흘러내렸다
아무도 누구도 그 물줄기를
거스르지 못하였다
마치 즈믄 해를 그냥 그렇게 흘러온
세월을 역류할 수 없듯
서서히 작은 생명들이
소리 없이 죽어갔다
그들은 저승에서
개, 돼지로 태어났다

고향길

산길이 좋네
슬퍼서 아름다운 주란 꽃 가득
취나물 고사리 고개 내밀어
어머니 치마폭 같은 봄날은
산길이 좋아

들길이 좋네
쑥 향기 그윽한 들녘에서
네 잎 클로버 책갈피에 담던
누이의 봉긋한 가슴 같은 여름날은
들길이 좋아

오솔길이 좋네
언덕 가득 억새풀 꽃 뭉게구름
향긋한 들풀 향기 한 아름
아버지 꼴지게 같은 가을날은
오솔길이 좋아

산에 들에 함박눈
이 산 저 산에 초가집

오순도순 이야기꽃 눈 녹이고
큰 발, 작은 발 맞닿은 이부자리 밑
추운 겨울엔 아득한 꿈길
고향길이 좋아

이별

무릎걸음으로 다가가
귀 기울여 듣는
구름 끝 푸른 하늘
발끝 돋우고 키를 보태도
애써 외면한 창 너머 슬픈 눈동자
바라볼 수 없네
한 하늘을 마주 이고서도
따사로운 말 한마디 건넬 수 없고
그리운 음성 들을 수 없는
가까움에 더욱더 절망
그 하늘을 떠나자, 바람처럼 떠나자
마음먹어 아무도 건널 수 없는
바다만큼 절대적인 거리를 두고
총 끝으로, 철조망으로 막아서는
숙명적인 절망을 두어
떠나고 싶었네, 돌아서고 싶었네
이젠 잊고 살겠네
목숨 바치었던 사랑은
천관정 우물 속의 달그림자
시절인연도 다하면 그만

잔잔한 숨결, 조용한 미소로만
멀어지고 싶었네, 잊혀지고 싶었네

난청

온몸으로 귀를 열고
포성을 견디어온 지 스무 해
소리는 가슴에 켜켜이 쌓여
가는귀가 먹었다
제멋대로 열려진 호기심으로
들리는 대로 무엇이든 들어온
탐욕과 도취의 끝
당연한 결과다

이젠 귀막이를 해야 하겠다
마음에 갇혀 있는 거친 말들을
지나는 바람길에 풀어주고
말도 안 되는 말
말 같지도 않은 말
포성보다 소란스러운 세상 잡소리들
적당히 외면하고 살아야겠다

말없이도 들을 수 있는
눈빛만으로도 읽을 수 있는
이심전심 맑은 말 들을 수 있는
깊은 마음의 귀 하나 열어야겠다

제2부

백령일지(白翎日誌)

해안 초병(哨兵)

긴 겨울, 끝없는 눈보라에
혹한의 기억을 포개면서
부동의 자세로 얼어간다

가슴 깊은 밑바닥엔
가랑거리는 모닥불
마른 입김으로 지피며 지피면서

아득히 뒤돌아보는 기억의 저편
반백년 결빙의 세월 동안
꼭 껴안아 가슴 뜨겁게 지키고픈 것은
위대한 사상도 질곡의 이념도 아닌
조국의 평화, 겨레의 자유

손마디 굳고, 두 팔이 저려온다
총대 하나 지탱하기에도 버거운 삭풍(削風)
바람 한 점에도 매운 눈물이 솟아
이대로 돌이 된다면, 돌이 되어도

기다리고 기다리는 그 날은
이 땅에 북풍한설 그치고
눈 녹은 철조망 너머 지뢰밭에도
개나리 진달래 가득 피어나는 날

백령, 세한도(歲寒圖)

강 같은 바다 건너
몽금포, 우거진 미림(美林) 위로
만 리를 날아 대륙을 넘나들던
장산곶 장수매 울음소리 외로운
백령의 정수리, 여기가 내 자리
마땅히 내 있어야 할 그 자리
진(陳)마다 장검의 푸른 빛 가득하고
의로운 용기 깃발처럼 펄럭이는
자유의 섬, 한 치 박토를 지켜
젊은 호흡, 힘찬 맥박이 새롭고
서슬 푸른 정열이 뜨거운 여기가
내 자리, 내 죽음의 자리일지라도
기꺼이 이 자리에 남아
모두들 떠나든 잊혀지든
푸르른 수의(壽衣) 더욱 푸르러이
올곧게 안분(安分)과 자족(自足)의 삶을 위하고
분열과 고난의 역사를 감싸 안아
이 땅에 비, 바람 그치고
장엄한 금수강산에 맑은 피 흐르고
튼튼한 허리에 푸른 새살 돌아오는 날 기다려
굳건히 이 자리를 지켜 서리라

두무진(兜鍪陣)*

갈라지고 터진 육신
차고 시린 물속에 담고
기도하듯 비워내며 위태로이 가누어온
분노와 회오(悔悟)의 세월
외롭기는 여기 사무치듯 적적해도
뜨겁기는 쇠도 녹여내는 연무장(鍊武場)
장검 비스듬히 성난 바다에 짚어
더욱 파르라니 날 세우고
머리 들어 서북 하늘을 응시(應視)하여
투구의 턱끈을 조여 묶어
달빛으로 눈을 씻고, 별빛으로 귀를 열어
지덕용맹의 제장(諸將)들
천문지리, 기문둔갑의 군사(軍師)들
인화(人和)는 뜨거운 가슴속에 다지고
천시(天時)는 천지신명께 빌어
하늘 우러러 기다리는
서북정벌, 고토회복의 의로운 그 날
해일처럼 말을 달려 단숨에
북만주의 땅 끝까지
유성처럼 칼을 겨누어 백두의 고지까지

날마다 밤마다 달로 별로 뜨는
고구려의 푸르른 꿈

세병(洗兵)*의 그 날까지

* 두무진(兜鍪陳): 백령도 서쪽 해안의 암벽지대. 갑옷을 갖추어 입은 무
  장들이 늘어선 형상이라고 하여 두무진으로 불림. 한자는 頭武津으로
  도 표기함.
* 세병(洗兵): 피 묻은 병장기를 씻음. 전쟁이 끝난 평화로운 시기를 뜻함.

적소(謫所)에서

강풍에 불려
서북 바다 끝, 외딴 섬
승냥이 발톱 끝에 처자식 매어놓고도
푸른 산과 바다와
한가로이 지나는 구름 한 조각
눈에 차는가, 외로이
변방(邊方)의 밤을 지켜
날선 바람 끝에
밤새워 책장을 넘겨도
그 글줄 가슴에 닿는가
으등대는 폭풍에 갇혀
한 줄기 뱃길마저 끊어지고
그저 마음 한 가닥 애달프게
천 리 밖 두고 온 하늘
정다운 목소리 그립구요
해무처럼 뿌옇게 삭혀내는 그리움
부질없는 외로움, 노여움도
아득하게 황해로 흘러드는
독하고 어두운 백령의 밤
흐름 한 줄기 보이지 않아도

세월은 가고, 또 오는 것
인연은 맺고, 푸는 법
허기진 마음의 빗장을 열고
호올로 촛불 밝혀 새우는 밤
신화동 빈 들판을 건너
눈부신 아침이
아침이 당도할 때까지

기우(杞憂)

머리엔 늘 무거운
철모를 쓰고 살면서도
맑은 하늘에 우박처럼 포탄이
언제든 쏟아져 내릴 수 있음을
까마득히 잊으려 한다

지나는 길 옆 산자락, 밭두렁 아래
깊고 어두운 대피호의 두꺼운 철문들은
검고 붉게 녹슬어 있어도
철조망 너머, 바다 건너 지척지간에
우리의 심장을 겨눈 장거리 방사포신의 숲은
싸늘하게 번쩍이고 있음을
애써 외면하고 산다

오늘은 동굴 속에 저장된
묵은 전투식량과 김치통조림을 먹고
막 배달된 몇 달치 주먹밥을 들어쌓으며
가슴 조이는 을씨년스런 절망을
아무도 입 밖에 내려 하지 않는다

날씨처럼 쾌청한 웃음으로
평범하게 시작되고 끝나는 일상의
어디 깊은 바닥쯤에 잠들어 있을
불안과 공포의 그늘은
애써 지우려 해도 지울 수 없다

NLL(북방한계선)

어둠을 향해 열린
우리들의 귀와 눈의 관심은 오직
탐조등에 걸리는
탐욕스런 장사치, 러시아 상선
무차별 어족 남획, 중국 어선
살쾡이처럼 아슬아슬하게
담장을 기어가는 붉은 경비정
꽂히듯 수직으로 날아와 20마일권
사선(射線)에 접근하는 미그기 편대
전투배치, 대함경계경보, 대공경계경보
하루에도 몇 번씩 숨 가쁜 전장
바다 위에 세울 수 없는 담장이어도
하늘에 둘러칠 수 없는 철조망이어도
한 치도 허용할 수 없는
자유의 배수진, 통일의 교두보
침범자들의 양미간을 정조준
육중한 포구를 겨눈다

전파(電波) 1

찢어질 듯 고막을 때리는
두터운 대남 전파방해망
13억 대륙에 넘쳐나는 시끌벅적한 소음 속에
표류하듯 허우적거리며 서해를 건너
날카로운 칼끝에 잦아든 KBS 전주방송
녹슨 철조망에 모로 걸린 춘천 MBC
한국어 방송의 더운 가슴 타는 목소리
고독한 심해(深海)에서 건져올린
통나무 같은 언어의 무게로
함께 밤을 지키는 이 숙연한 동행
철조망, 지뢰밭으로 첩첩이 막아선
장막(帳幕) 뒤에도 열린 귀들 있어
어둠 속에서 귀 기울여 함께 듣는
돌에도 스며들어 금이 되는 생명의 소리
독재와 압제의 심장을 겨누는 자유의 비수

전파(電波) 2

어둠이 짙어갈수록
사람들의 소리가 듣고 싶다
열심히 주파수를 맞추다 보면
여기는 북동아시아의 한가운데
아니 세계의 이목이 집중된 중심

탐욕스럽게 남하하는 러시아의 음모
대륙에로의 열망, 간드러진 가나문자어
전대를 두른 중국의 느긋한 경제혁명이
일직선으로 날아와 꽂히는 한 점 섬

무수한 전파가 공중에서 충돌하고
음험한 책략과 술수가 뒤엉키는 곳
한국어로 싸워서 먼저 이겨야 할
조국의 전초(前哨)

오늘은 모국어가 더욱 듣고 싶다

실향민(失鄕民)

저기 저 고향 마을 마주 바라보는
전망 좋은 바닷가에 두어 칸 오두막을 짓고
산 자드락에 서너 고랑 텃밭을 일구어
감자, 옥수수 심어 백발이 되도록

뻐꾸기 우는 한나절
논이랑, 밭이랑 사이 뒤돌아보면
바람결에 묻어오는 보리피리 소리
그리운 그 언덕의 들꽃 향기

오늘도 품에 안은 마지막
한 마리 비둘기를 날려 보내고
물길 건너 당도할 소박한 꿈에 기대어
넋을 놓아 기다리는 온 하루

옥수숫대 울타리 성긴 틈새로
뉘엿뉘엿 해가 기울어
또 하루 저물어가도록 기다림
세월의 돌 한 덩어리 가슴에 쌓는다

상황실

돌가루 묻어나는 천 길 심연
곰팡내 나는 습습한 계단을 밟아내려
피라미드의 바닥, 미라의 방

'한 줄기 빛도 바람도 스며들지 못함'

전파를 주고받는 어지러운 기계음
형광등 불빛에 몽롱하게 번져나는 환상
베개 밑에 권총을 묻고
성글게 누빈 침낭 속에 몸을 누인다

눌리어오는 산 하나의 중압감으로
가위눌린 듯 숨이 막혀
쏟아지던 잠도 저만치 달아난 새벽

바다 밑을 뚫어오는 굴착기의 소음
등짝을 찔러대는 곡사포 포신의 숲
죽음도 편치 못할 화염(火焰) 속의 방

백령 · 난(蘭)

옛날 옛적에
천 길 물굽이
거친 물너울 속에서
아득한 향기 따라
뱃길을 찾았더란다
열여섯 가실이
꿈꾸는 가슴 같은
꽃 무더기 그리며
백령을 지났더란다
칼바람 거친 파도 속에서
즈믄해를 더 지났어도
하늘과 바다에 외로이
그 이야기 남아 있어
흰 눈 가득한 산에 들에
그 향기 가득하네
산과 들에 지나며 보네
아득한 꿈, 푸르른 향기
오래오래 기억하네

무소식

저편 장산반도의
낡고도 어두운 이념의 벽
아득한 절망을 마주하고서
천한 인연들 모두 잊었네
내 전해줄 수 있는 것은
그보다 길고도 지독한 어둠
매서운 칼바람뿐
하찮은 그리움 모두 비웠네
바람처럼 떠도는 목숨
벼랑 끝 외로운 섬
오늘은 여기가 내 고향
사랑도 이젠 머물고 싶네
바람 막아 산언덕에
한 자락 마음 밭을 일구고
새 인연과 소망의 씨를 뿌려
하늘처럼 가꾸고 싶었네
별 총총 하늘에 눈썹달 뜨고
천 길 너른 바다
눈물 속에 잠길 때
그리움 전하겠네
그대를 기다리겠네

폭우

구름 한 조각
쉬이 비껴 지나칠 듯한데
오늘은 서해바다 먹구름
다 몰려들어
장대비를 뿌리네
한달음에 휘돌아오는
산언덕 깎아 황톳물 가득
마당을 쓸고 흘러 단숨에
신화동 너른 들녘이 잠기고
화동 둑 너머엔 바닷물 남실남실
한나절이면 손바닥만한 백령이
인당수로 떠내려들어갈 것 같구나
의지 삼을 곳 연꽃 등 밝힌
마음 한 조각뿐

일기예보

서해 건너는 바람, 구름들
잠시 쉬어들 가겠지
수시로 폭풍주의보, 황천주의보
추위는 바다 속 깊숙이
살바람으로 솟구쳐 올라
물웅덩이를 두껍게 얼리겠지만
한겨울에도 가끔씩
남풍이 불기도 하지
오늘 바람 그치면 바다는
한 사나흘 후에나 순해지고
밥상 위엔 푸성귀 한 잎 오르겠지
오늘 따스함으로
내일은 안개
배는 오다가 되돌아가고
비 오는 날 하루는 빼어버려
한나절 쏟아붓는 장대비에
절반쯤 백령이 바다 속으로 기울었어도
밤새 바람 끝에 말리면
내일은 신화동 빈 들녘에서
야외 기동훈련을 할 수 있겠다

구름 한 점 바람 한 줄기 놓치지 않고
손바닥 뒤집어보듯 짚어지는
백령의 날씨
저 너른 세상사도
이처럼 알고 지냈으면

추석

연지고개를 넘다가 문득
고개 드니 눈에 가득 장산반도

하늘은 맑고 바람 투명한데
바다엔 키를 넘는 파도
하얀 이빨을 부딪치며
그리운 마음 막아서네

내일모레가 추석인데
아내와 아이들 기다리는 내 집까지는
휘적휘적 시골길 걸어서 오 분
달덩이 같은 얼굴들 마주하여
식은 밥 한 덩어리 나누지 못하는데

햅쌀밥 고봉으로 눌러 담아
아랫목 깊숙이 묻어놓고
백발의 어머니 기다리시는
일곱 개 달 뜨는 마을 고향집도 멀고

저기 빤히 건너다보여도

장산곶 마루 외로 돌아 거친 물결
반백년 한 맺힌 험한 세월
북녘 땅이야 얼마나 더 멀으랴

변방 수자리 십년이나
오십년 서러운 실향민이나
깊고 푸르게 멍든 가슴들
환한 달빛에 눈물 씻네

내일모레가 추석인데

겨울나기

물길 거칠고 바람 드세면
한겨울 내 배 들 일 없다며
아내는 봄부터 이것저것 말려
처마 끝에 달아매네

취나물, 고사리, 질경이
미역, 다시마 들고 이고
연화리, 중화동 바닷길,
돌산 오르락내리락
말려둘 수 있는 것이면 무엇이든
거두어들이네

이마 부딪치며 옆걸음질로
딱정게처럼 드나드는
풍성하고 넉넉한 처마 밑
마음은 벌써 그곳에 가 있네

백설(白雪) 가득한 초당(草堂)

성탄, 장산곶

북위 38도의 짙은 어둠
흐름 한 줄기 보이지 않는
강 같은 바다 저편
남루한 서러움으로 웅크린
장산곶 검은 그림자
네가 사는 땅
불빛 한 점 없네
닭소리 개 짖는 소리
어디에도 들리지 않는
꽝꽝 얼어붙은 두꺼운 체념의 땅
행복과 축복의 말 한마디 건넬 수 없네
구름 첩첩한 하늘 외로이
달그림자, 별 그림자 찾을 길 없고
부질없이 그리운 귀만 키워
무릎걸음으로 너에게로 가까이
다가가도 들을 수 없는
차마 잊었을까 그대 목소리
마주 대답할 수조차 없어
이제도 얼마나 더 기다려야 할까
오늘은 이만 새벽 등을 끄고

네 검은 상처 위에
깊고 서러운 서해의 어둠을 덮는다

소설(小雪)

이룬 것 없이
또 한 해 저물어
산산이 눈보라 들이치는 날
가슴엔 적대감만 더 쌓이고
가도 가도 불신의 강물은
바람만, 파도만 더 높여
뭍으로 이어주는 한 가닥 마음마저
강풍 앞에 가물거리는 등불이듯
믿고 기다린 날들은 허망해도
또 한 해 믿음을 보태었으니
오리라 끝내는 오리라
그때까지는 이 자리를 지켜 서서
의로운 군인이고 싶다
하늘 가득 흰 눈처럼 오실 이
그리운 그대 소식
맨 먼저 듣고 싶다
그대를 품 안에 뜨겁게 안고 싶다

출항(出航)

바람 불어 하루, 파도 높아 또 하루
자욱한 안개 속에 울며 도는 갈매기
메마른 섬에 자식을 묻고
떠나는 여인네의 저미는 가슴
묶어 매는 모진 인연들

오늘은 이십여 리 뱃길
대청도가 아슴푸레 건너다보이니
배야 뜨겠지만 아들아!
차마 너의 기억을 두고는
떠날 수가 없구나

내 손으로 탯줄 잘라
소금 안개, 황토 바람 이기고
약쑥처럼 쑥쑥 자라리라 믿었건만
먼먼 물길, 험한 바닷길이
죽음을 가르는 모진 칼날 될 줄이야

그리운 뭍에 가 닿지 못한 바람들
깊은 물굽이로 맴돌아 흐르는

인당수 거친 바다 어딘가엔
모진 인연도 죽음 뒤엔
빛깔도 고운 연꽃으로 피어나는
서해나라 용궁이 있다더라

착한 아가! 금동 아가야!
효녀 심청은 아니더라도 너는
우리 순한 꿈속에서
곱디고운 연꽃으로만 피어다오
아가야! 우리 아가야!

백령을 떠나며

몇몇 해 변방 수자리
지척지간에 그대를 두고서도
말 한마디 건넬 수 없어
그저 애태우며 바라보기만 했네
어느 세월 이보다 더 가깝게
그리운 그대 숨결 느낄 수 있을까

고운 정 미운 정 갈라 세울 수 없어
가슴 아린 싸늘한 추억들
서리서리 가슴에 묻고
서북 바다 한가운데 외로 돌아
돌아서는 길, 떠나오는 길
등 뒤로 건너오는 아련한 이별의 눈빛

지금은 비록 막막한 어둠이어도
우리들 하나 되는 찬란한 소망
차디찬 그 땅에 묻었다
포상에, 관측소에, 대공진지에
절벽 끝 이끼 낀 산병호에
뜨거운 충혼 굳게 심었다

해무(海霧)

몇 밤을 쉼 없이 눈물로 피어선
물꽃처럼 지고 말던 아련한 기억 위에
한 송이 장미꽃을 던지고
뒤돌아보면
절망은 키를 넘고
사랑은 허공을 디딘 듯 바람을 타며
한 줌 가슴을 덥히던 소망도
파도처럼 눕고 서던 소멸의 땅
비로소 자유로운 땅
미련하게 돌고 돌아서
너무 멀리 왔다
네 손을 놓을 수 없다
세찬 바람 속으로 한 발 나서면
절벽으로 막아서나 어디로든 열려진 물길
만겁 인연의 회오리 눈감고 서면
물꽃으로 피어오르는 꿈
눈물로 지우며 가야 할 천 리 바닷길

숙면을 위하여

죽음처럼 달고 깊게 잠들고 싶다 내일의 전투를 위하여 건전지를 뽑아낸 새벽 세 시의 벽시계, 저만치 던져버린 손목시계의 기계음, 녹음기로 작동되는 교회의 종소리, 속보, 3분 뉴스, 마감뉴스, 가슴 가운데로 질주하는 구급차의 차임벨 소리, 사고현장으로 달려가는 견인차의 경적소리, 급박한 딸딸이의 신호음, 대공경계 경보음, 대함경계 경보 경보음, 전투배치! 전투배치!, 태풍주의보, 폭풍주의보, 황천주의보…… 허공에 얽히고설키는 무선신호음 밤에는 그냥 좀 자게 내버려둬 잠들고 싶다 꿈꾸고 싶다 머리를 펄펄 끓이던 병석에서 천 길 나락으로 떨어져 내리듯 죽음처럼 깊은 잠 속으로 처박히고 싶다

동지(冬至)

삼일 밤낮의 눈보라로
허옇게 배를 깔고 엎드려
가쁜 숨을 고르고 있는
신화동 빈 들판 너머
화동 바다는 이제나
집채만한 파도를 일으켜 세워

며칠간은 배 들 일 없으려니
길게 접어놓은 사설 한 마당
부치지도 못한 채
어둠 속에 묻어두고
이 밤 새롭게 지켜가는
가녀린 촛불 같은 희망이 있어

백령에서도 가장 높은
백하고도 몇 십 고지를
바라보고 마주 앉아
바다는 차라리 외면
그리움은 뿌리째 망각

사는 것 어디 섬이라 하고
떠도는 목숨들 바람이라 치면
그리움은 한 자락 구름일레
사랑은 한 잎 낙엽일레
형상도 기억도 없는
관념 속의 님이시여

백령으로 오세요

백령으로 오세요

남녘땅에 개나리, 진달래 다 지고 나거들랑
철 늦은 들꽃들 지천으로 피어나고
열여섯 가시내 소박한 꿈 절절하게 익어가는
찬란한 봄날 백령으로 오시어요

이 산, 저 산에 주란 꽃
연등처럼 고요히 골짜기를 밝혀
애잔한 그리움으로 더욱 깊어가는 이곳
모두들 제주로 울릉으로 떠난 뒤
새로운 희망, 빛나는 계절만 있음을
조용히 혼자만 알고 오시어요

뭍에서 가깝기는 그 중 제일 가까운 곳
노랑 웃음 만발한 유채꽃 밭이 아니어도
사쿠라 웃음 벌떼처럼 웅웅거리는
벚꽃 그늘이 아니더라도
그리운 이 더욱 그립고
사랑하는 이 더욱 다정스러운 곳

개구리 소리 두꺼운 정적으로 깊어가는
이곳, 텅 빈 고요 속으로 오시어요

마음 그렸던 사랑이 백령에 있을 거예요
그대 삶의 소담스런 풍광(風光)만
고이고이 담아 오시어요

| 제3부 |

세한도(歲寒圖)

후방 소감

비정(非情)한 곳이네

녹슨 철조망에 걸리는 싸늘한 달
지뢰밭을 넘나드는 칼바람은 차도
눈빛으로 마음 읽고
손짓으로 정이 흐르던
서북 끝 변방보다
더없이 비정한 곳이네

바다 건너 외로운 마음의 울 너머
따듯한 불빛 북적대는 인정들
그립고 그리웠던 이곳
화려한 명예와 권력의 유혹에 눈이 먼
배신과 음모의 잔인한 땅이네

죽음보다 두려운 것은
등 따스운 나태함과
포만하도록 배부른 만족
적당한 타협이나 불의와의 동화

나 다시 변방으로 돌아가
서북의 하늘 바라보며
폭풍처럼 몰려오는 아득한 눈보라
해일처럼 밀려오는 거친 파도
온몸으로 맞으며
하루 또 하루 인고의 세월을 살겠네

불신의 가슴에 돋는 싸늘한 달
회한의 눈물로 녹여내고
총검 끝에 울고 가는 매서운 바람
치미는 분노로 덥히며
독하게 살겠네, 두려움 없이 살겠네

못 빼기

이사를 할 때마다
못 빼는 일부터 시작한다

닭장같이 좁은 공간 벽면마다
무질서하게 박혀 있는
큰 못, 작은 못, 녹슨 못, 부러진 못
삶의 무게에 지쳐 구부러진 못

살 속에 박혀 오래 묵은
가시를 뽑아내듯

누덕누덕 기운 살림에
무에 그리 내어 걸어
보이고 싶은 것들이 많았을까
좁은 허하고 담담한
수묵(水墨) 빛으로 살고 싶다
벽을 허물어 허공 같은 마음에
고요히 고요히 춤추는
눈부신 침묵과 자유
안으로 안으로만 내어 걸고서

썩은 명태의 퀭한 눈알처럼
남겨진 저 흉한 구멍을 찾아
우리 떠난 뒤에 오는
또 누군가가 저 벽면 가득
녹슨 못을 박더라도

사는 법(法)

1

가장 잘 사는 것이
가장 잘 죽는 것
가장 잘 죽는 것이
가장 잘 사는 법
아름답게 사는 법
영원히 사는 법

맑고 푸른 하늘이
되돌아갈 거울이네

2

굵게 살기 위하여
소신은 천년 묵은
참나무 밑둥치만하고
배짱은 천 길 뿌리박은
너럭바위짝만하게

함께 살기 위해
용서와 참회는 거부
사랑은 오직 단 한 번 지독하게
좀은 슬프고 외로운 대로
이별은 넉넉하고
절망은 치열할 것

그릇 깨기

아내가 그릇을 깰 때마다
"짐 줄었어 괜찮아"
아이가 그릇을 깨뜨려도
"짐 줄었다 잘했어"
이삿짐 쌀 때마다 몇 개씩 깨뜨리고
짐 풀다 보면 그 중
비싸고 좋은 그릇만 박살 나 있어

동쪽 끝에서 서북 끝까지
다시 남쪽 끝으로 천릿길
뱃길, 산길, 비포장 시골길
결혼 6년째에 이사는 여덟 번
아내의 행복한 신혼의 마음
눈 맞추었던 고운 그릇들
이젠 제 짝 맞는 것 하나 없네

완전군장을 메고 천리행군을 떠나듯
살림은 적당히 가벼울수록 홀가분
좀은 불편한 대로
없어도 될 것들 모두 버리기

손바닥에 밥 받아먹을지라도
그릇들이 깨질 때마다 기분이 좋다

"짐 줄었다 짐 줄었어"

학습자료

나의 학습자료는
3년 치 조선일보를 난도질한
서너 권의 스크랩북

구석기시대를 지나고
신석기시대의 문턱에서
두 손 번쩍 든 고물상 최씨 아저씨
두 손으로 고이 받쳐 들고 나온
두툼한 신문 뭉치 속의

푸른 이끼 낀 돌도끼

후포의 강 언덕에서
도회지 뒷골목 고물상까지
버리지 못한 반만년 숨결
어진 할아버지의 숨은 뜻

귀중한 학습자료로
중학생 아들의 손에도 들려 보낸
넉넉한 최씨 아저씨

자랑스러운 역사 학습자료

아침마다 화장실에 쪼그려 앉아
눈으로 보아 넘기던 고대사의
행간의 뜻을 이제야 깨닫는다

칼갈이

칼을 간다
태백산 적멸(跡滅)의 지하에서
천년만년 새우잠은 잤어도
한 점 기포도 없는 모질디 모진 곱돌에다
칼을 간다

파르라니 날은 섰어도
부모를 욕되게 하고
이 금수강산의 이름마저 더럽히는
잡귀들의 모가지 하나 자르지 못하는
녹슬고 무딘 마음의 칼을 간다

땀과 피와 눈물로 담금질
온몸으로 밀고 마음으로 당겨
뜨겁고 아프게 푸르른 녹을 닦다보면
운천문(雲天紋) 맑게 떠가는 고구려 적 하늘에
씩씩한 조상들의 넋이 비치고
신한주(新韓州)의 맑은 꿈과 이상이 되살아나리

남북 강산의 칼이란 칼 모두 갈아라

폭압과 착취, 독재와 굶주림에 맞서
비굴한 목숨보다 충의에 신명 걸었던
기개 높은 어른들의 자진(自殄)의 선혈 빛
녹슬고 무딘 칼을 갈아라

오월

삼동(三冬)내
해 지는 빈숲을 바라보며
천 번 만 번 기워내고
불사르듯 허물어가듯 닻줄처럼 사려둔
신앙처럼 깊은 갈망
자유와 평화의 의미를 조금씩 싹 틔워낸다
산그늘엔 켜켜이 얼어붙은 잔설
사위(四圍)엔 홑옷에 스미는
칼날 같은 바람 가득하여도
순종과 억압의 틈을 비집고
낭만과 희망의 하늘을 호흡한다
맑게 살리라, 밝게 살리라
겨울에서 겨울로 되돌아가는 삶이지만
함성처럼 자유가 푸르른 숲으로 피어나고
모두가 누려야 할 평화가 꽃향기처럼
누리에 퍼져나는 축복의 계절엔
그처럼 기쁨으로 살아서
풍족한 세월 뒤에 한숨짓는
가슴 저린 인종(忍從)의 슬픔 붙안고
손톱 밑에 박힌 고통을 눈물로 엮어
때때로 선인장처럼 꽃피워 보여야 함을

RH-

스스로 다스리는 육신
버거운 영토 속에
나도 어찌할 수 없는
음모의 차가운 피가 숨어 있다
뾰족한 창을 내게 겨누는

죽은 듯 순종하다가도
화약에 불 당기듯
창대를 휘두르며 달려드는
결코 타협할 수도 회유할 수도 없는
반역의 뜨거운 피가 돌고 있다

내 육신의 얼마만큼의 영토를
저들이 점령하고 있는지
뜻대로 멋대로 다스려야 만족할지
나는 알 수가 없다

급히 구하는 자 누구에게든
몽땅 주어버릴 수도 없는
음성혈액 등록번호 53번

어쩔 수 없는 내 피를
어쩔 수 없이 정말 사랑한다

대검(大劍)

가끔씩
칼집을 벗겨보면
붉은 녹이 가득하다
천천히 기름을 먹이면
핏빛으로 충혈되는
적나라한 음모
열 발자국을 걷다가
뒤돌아 던져 꽂는
그 가소로운 증오의 표적에
모로 겹쳐 누워버리는
잔인한 내 본성에도
두껍게 녹이 올라라

난(蘭)을 치다가

구름은 계곡에 눕고
바람도 조는 여름 한나절
기다림처럼 정(精)한 마음을
안으로 깊게 사리어
붓을 들면
묵담(墨擔) 빛 향기 그윽이
적적한 하늘 위로 살아나는
더위도 모르고 가뭄도 잊은
무심한 난(蘭)이여
세사(世事)엔 잦은 바람 일어
시절의 거울엔
늘 두터운 안개 끼었어도
한 치 마음 접어 눈을 감으면
내리내리 깊은 마음엔
계곡의 물소리
산사의 바람소리
가득하여라

차(茶)를 달이며

파르라니 독 오른 칼
녹음 속에 던져두고
소나무에 기댄
빈 칼집이 되어

홀로 서지도 못하는
뚝배기 같은 미욱한 육신에
모난 돌 하나 괴어
마음 한구석 받쳐두고

사랑일레 그리움일레 미망(未忘)은
기억을 덥히는 한 잎
한 잎 가랑잎으로 불지펴진다

핏빛 안개숲 마음엔
맑은 아침 해 떠오르고
빤히 보이는 바위산이
저만치 물러앉는다

티끌 하나 다 털어낸

마음 빈자리에
푸른 향기 가득
대숲을 흔들고 간다

방문(통영에서)

가깝게 그대 사는 곳
가기는 가겠네만 기별 없이 한가로이
소란스런 만남도 원하지 않고
기꺼운 환대도 반갑지 않으이
그저 낯선 나그네 지나치듯
그냥 그렇게 들르겠네

백석과 청마의 이루지 못한
사랑의 꿈들 아득한
충렬사 언덕의 동백나무
명정(明井) 우물가의 달그림자
그 언덕 너머 바닷가
바람과 구름과 하늘과 별과 시

그대 삶이 누리는 화려
그 풍광만으로도
즐거울 수 있으니 그뿐
더 바랄 것은 없을 것이니
그냥 잠시 머물겠네
바닷가 언덕에 산자락 오솔길에

그것만으로 두고두고 흡족할 것이네
영원히 사랑할 수 있을 것이네

귀가(歸家)

며칠 만에 들어서는
집이 낯설다

물결 드높고
무시로 폭우와 강풍에
황천주의보, 폭풍주의보
눈보라 매서운 섬 생활
어떻게 살았는지

손님을 맞듯
살며시 문을 열고 나오는
아내의 수줍음이 낯설고
통통하게 볼살 오른
돌맞이 아이도
말끄러미 쳐다보다 이내
고개 돌리고 마는
내 모습도 낯설다

텃밭에서

산비탈 거칠게 갈아
손바닥만한 텃밭 한 자락 일구어
날마다 들여다보아도
때맞추어 햇볕 한끝 머물지 않고
가는 비 한 방울 스며들지 못하는
메마르고 척박한 자갈밭
푸성귀 한 잎 가슴 펴고 자라지 못하고
엉겅퀴, 쑥부쟁이 우거진 마음 밭에서
잡초처럼 내던져져 위협받는 목숨
지난 세월마냥 헛되었을 뿐
반백년 버려진 암벽 위 절벽 끝에서도
들꽃들 절로 피고 지고, 열매들 익어
짐승들 살찌우고 철새들 배불리는데
홀연 떠날 수도 없는 인연 밭에서
무작정 기다리고, 또 믿고 가꾸마
뿌리 실한 조선무 노란 꽃봉오리 속 터지고
산새 들새 철새들 머물러
그 중에도 실한 검은 씨앗, 푸른 희망을
북으로 남으로 서북으로
품어들 갈 때까지

가을 편지

생각만으로도 가슴이 젖어
눈물 흐르는 가슴 붙안고
억새꽃 갈대꽃 흐드러진 길
스산한 들길 산길 홀로 지나노라면
붉고 누르게 출렁이는 단풍산
바람결에 묻어오는 풀꽃들의 향기
저만치 산마루로 휘 내닫는 그리움
섬이어도 더욱 고독한
하얀 깃털 같은 섬 이야기
담아 보낼 사연은 너무 많아
절절히 넘쳐나는 가슴 가슴을
하늘처럼 바다처럼 비워내니
그대 그냥 짐작이나 하시게

장기읍성(長崎邑城)

양포에서 장기까지 널따란 하천 따라
바람이 화살처럼 치닫는 곳
서쪽을 가로막아 태백산 줄기
손바닥, 발바닥 모아 붙인 한 뼘 땅
세석평전을 지나면 한눈에 장기읍
내달아 동해바다까지 내려다보이는 곳
왜놈들 숱하게 해으름에
어둠처럼 스며 들어와 분탕질 치고
살진 가금(家禽) 다 잡아내어 가고
됫박 곡식까지 샅샅이 뒤져내어 간 뒤
아침이면 뒷간에 빠졌다 살아난 장기현감
이놈 저놈 잡아다 주리를 틀어
종자까지 다 털어내어 제 배때기 채웠다던가
거덜 나 원한 사무친 귀신조차 모여들지 않아
내리내리 황폐하고 척박한 땅에
유월이면 어김없이 하천 따라 오르는
살진 은어 떼 은빛 배때기만 불러
그나마 이놈 저놈 진상품으로
등가죽 마르던 숱한 백성들 한숨에
그놈들 다시는 돌아오지 않았다던가

이 땅, 척박한 땅 내 백성들
어질고 순한 목민(牧民)들
다산(茶山)이 여기까지 유배 와 보고 갔으니
그저 피눈물 뿌리며 돌아갔으니
분노의 바람에 문풍지처럼 떨던 어두운 적소에서
한숨 몰아쉬고 갔으나
그 흔적 아무 곳에도 없고
현청(縣廳) 앞 아스팔트 길가에
불쑥 배때기 내민
송덕비만 줄줄이 서 있다

친구에게

이제는 결코
시를 쓰자는 이야기는
하지 않겠다

정치 1번지로 통하는
종로 5가 갈림길에서
더 이상의 절망을
묻지 않겠다

시위대가 떠난 뒤
닭장차에 오르며
검은 손을 흔드는 너에게
더 이상 헛된 소망을
기원하지 않겠다

가로 세로 바둑판처럼
부서지는 너의 하얀 웃음에

대청도 동백

서북 하늘 끝 바라보아
기다려 기다려도
뭍 소식은 기별도 없어
섬은 어쩔 수 없이 더욱
요요한 섬으로 잊혀져갑니다
바위들도 두꺼운 얼음소복을 하고
묵묵히 지켜 선 겨울 바닷가
무시로 매운바람에 빛바랜 그리움
분분히 날아드는 갈매빛 동백 숲에
서릿바람에 서리서리 빛깔도 고운
동백꽃망울로 맺혔습니다
아름다움은 흔해도 진실은 드물고
몸짓은 화려해도 사랑은 참으로 슬프지요
외롭고 차가울수록 사무치는 모진 정 있어
그리운 날, 슬픈 날 핏빛보다도 뜨겁게 살아
붉디붉은 마음 열어 보이겠습니다

항해일지 3(백목련)

망겁(忘劫)의 쇠북이 울고
수련한 너의 미소로
환히 동트는 하늘가
간망(懇望)의 가슴 열고
거룩한 양 눈매를 들어
먼 바다, 먼 풍경 그리며
허무를 딛고 고독을 살라
보는 이 없는 사원의 뜰에
맑은 고요로 피어나는
고독한 내 영혼에
해풍이 스친다

바다의 유혹

미소 짓는 해신의 고른 숨결이
해 뜨는 해안을 다스려
선량한 가슴에 일렁이는
잔잔한 물꽃들의 투명한 아침

눈에 두던 평화로운 안식도
영원으로 빛나던 대지의 화평도
날 다스리지 못할지니
기꺼이 떠나리라

가없는 하늘길에 바람이 일고
원시의 바다 위로 떠오르는
맑고 고독한 꿈 하나
저 멀리 가서 보리라

애증도 독한 회의도 이젠
먼 하늘 밖의 일들
검은 하늘 성난 파도 속에
심원한 구원의 눈길
미소하는 내 영혼을 열리라

종(鍾)
- 후배들에게 -

비천문(飛天紋) 아래
무릎 꿇어 우러른 하늘
종 하나 보고 섰네

쇳물보다 뜨겁던 한여름
고뇌하던 젊음 나누던 그대들의 인정
두고두고 천 근 무게로 가슴에 남아
소신과 능력이 외면당하고
금전과 아부가 횡행하여
검은 손바닥 하늘 가릴 때
힘차게 두들겨 깨뜨리라는
그 무서운 뜻

무릎 꿇어 우러른 하늘
돌아갈 맑고 푸른 역사에
흡족한 한 줌 흙으로 보태어지길
떵떵 울리며 살겠네
그대들의 기대와
내 몫의 신념을 지켜

대숲처럼 푸른 뜻 종 치며 살겠네
날 세운 비수처럼 품고 살겠네

무제(無題)

너의 울음을 엿듣고 있다
좁은 아파트 통로를 꽝꽝
항아리 속처럼 울리는
그 서러움의 깊이를 재고 있다

가끔씩 깊고 긴 숨을 삼키며
아랫배에 힘을 몰아넣고
울음 속에서 느껴지는
아득한 진실의 무게를 재고 있다

낙엽

첫 새벽 종소리에
모과 잎은 소소히 날리어
도로의 어지러운 발끝에 있었다

가랑비가 영혼을 적시고
우리의 모든 것 또한 이렇듯
어느 아침 가랑잎으로 불려 가리라

한 잎, 가지를 떠나
고향마저 잃은 것이 아니라
그만이 하나의 새로운 세계를 갖는 것

진정 우리의 모든 세계는
한 가지에 자라고 마른 잎 되어 구를 때
비로소 존재하는 것

피안(彼岸)의 저편은 영원이야
사라져갈 그만이
또 다른 문을 들어선다

사목(死木)

살점을 저미어 통곡하던
못다 삭힌 이승의 고통은
갈대숲에 미련처럼 서걱이다가
소리치는 바람으로
핏빛 해원(海原)을 향하여 달려간
그 남겨진 자리에
또 하루 삶에 지친
못난 육신 하나

자화상(自畫像)

다운산(多雲山) 자락에 솔바람으로 일어
칡, 머루 넝쿨 위를 뒹굴다 구르다
금빛으로 부서지는 사랑이라도 꿈꾸거든
고요로 잠긴 탑 마당 휘 휘돌아
자갈밭을 굴러 흘러 한밤 못다 흐르고
한가람 비린 물로 바다로 흐르다
구름이나 만나거든 또한 구름밭으로 피고
청천벽력 마른하늘에 장대비
쪽빛 바다 검은 물로 출렁이다가
꽃과 머루와 바람과 하늘길을 생각하다가
선한 사랑은 믿음, 한갓 믿음일 거라고만
불사르듯 허물어가듯 혼자 혼자만 생각하다가
주술(呪術)의 축문(祝文)이나 믿어
세월이나 만나거든 산그늘 떠밀어가듯
또 한여름 솔바람으로 일거라

제4부

섬

섬

그립지 않으면 섬이 아니다
마음먹어 언제라도 닿을 수 있으면
더 이상 섬이 아니다

너른 바다만큼의 거리를 두고
죽을 만큼의 그리움을 건딘 바람으로
한없이 흔들리며 불어 보내며
그립고 또 그리워하면
그래서 너는 섬이다

외롭지 않으면 섬이 아니다
해 저문 노을 아래 고독할 수 없다면
더 이상 섬이 아니다

홀로 삭연하게 흐느끼는 울음
견딜 수 없는 외로움을 잔물결로
끝없이 일으켜 세워 밀어 보내며
외롭고 또 외로워하면
그래서 나는 섬이다

그리운 너도, 외로운 나도
하늘과 바다에 갇혀 있다
적당한 거리를 마주 보고 선 섬이다

바닷가에서

메마른 하늘에
구름 두어 송이, 그리움
빗질하듯 출렁이는 머릿단
마음엔 파도가 출렁출렁
하얀 목덜미를 기어오르다
슬며시 손을 움츠리고
말없이 건너다보는
수평선 너머 노을이 붉어

어디서부터 걷기 시작하였는지
뒤돌아보면 아득히
발자국마다엔 따뜻한 미소
가만 귀 기울여 듣는
깊은 물나라 인어공주의
사랑이야기가 슬퍼서
마음엔 한 줄기 맑은 눈물 보태고
몰래 네 손을 잡으려다
멋쩍어 가리키는 수평선
너머 너머로 별이 돋는다

끝도 없는 모래밭 길
어디까지 걸어갈까

바람의 벽

늘 너를 만남은
단단한 벽을 마주한 듯
막막한 혼돈이다, 절망이다
호젓한 들판을 지나다
손끝에 만져지는 너는
아득한 울음이다, 희망이다
싸늘한 비수다
더욱 커다란 갈망으로
너를 향해 마주 가는 가슴에
무혈의 구멍을 내는
불이다, 프로메테우스의 횃불이다
신화처럼 살아야 하는데
뒤척이는 분노에, 들뜬 욕망에
허무의 맞불을 지르는
너는 다만 그곳에 있고
다가가면 다가갈수록
두터운 장벽으로 막아서는
시리고 아픈 가슴, 여윈 마음
외로울수록 거세게 흔들리고
뜨거운 한숨 토하듯

온몸으로 깊이깊이 맞받으며
그러한 너의 느낌으로 살고 싶다

설동백(雪冬栢)

기다려, 기다려 피지 아니하고
살기 서린 혹한의 북녘 하늘가
치켜뜬 매서운 눈썹 끝에 눈물로 맺는
간망의 가슴 열고 선 미욱한 육신
부시도록 내비친 푸르른 속살
저미도록 가슴 시린 그리움
이대로 떠날까 더 늦기 전에
꿈꾸는 나라의 얼음꽃
가슴에 품어 이 절망의 끝
바다는 자꾸만 등을 떠밀어
네게 이르려, 네게 맺으려
투명한 눈물 위에 붉은 숨결
독을 마신 듯 도톰한 입술
맞불로 다스려야 할 미련한 스무 살
어쩔 수 없다 돌아갈 길 아득히
날 저문 바닷가에서

강

강 하나를 두고
길은 몇 굽이고 돌아
다시 만나고
그렇게 흐르는
불투명한 우리의 강에
천년 도도히 흐른대도 결국은
갈망과 고독으로 남겨질
눈물만큼 가벼워도 사랑은
가슴 시린 그 물
가장 깊이에 흐르거니
그리움 빛 가을 산이 비쳐들고
수초에 엉키는 햇살 눈부셔도
어느 여울목엔가 물무늬 지는
충만과 기갈에도 눈 못 감아
구름 가고 바람 가는 하늘 되비친
새벽안개 이는 강물에
서러운 가슴 적시어
아득히 흐르고만 있다

가을 고백

차라리
듣지 아니하였다면
먼 훗날 그 은밀함으로
죽도록 연모하였어도 좋을 이

그 한마디
몇 굽이 강을 돌아 기어코
내게 이르러 가슴 가득
놋그릇 불 항아리

저 건너
만엽산 가을 단풍
마른 잎에 옮겨붙어
불! 불! 불!

사랑

목숨처럼 타고 나서
하늘까지 되가지고 갈
감미로운 도취나 탐욕이 아닌
달콤한 언어로도 자랄 수 없는
기실은 하잘것없는
그 마음 하나로 인해
겪게 되는 가슴 뜨거움
포만하지 아니하다면
얼마나 인연을 아끼고
갈증을 승화시킬 수 있었을까
스스로의 맹세를 저버리지 못하는 죄
공동의 가슴을 허락한 죄
그리하여 부정과 부정 속에 긍정되어진
갈망은 음악처럼 공허로 슬프고
종교보다도 맹목이야
스무 해 익힌 언어의 기막힌 우회로도
다 못 돌아가는 아득한 저승길

가을 내

둑을 넘치며 지나온 길
마냥 헛되었을 뿐
가슴 타는 이별도 없어

산 있는 곳 외로 돌아
밤을 벗 삼아 흐르는 물길엔
달빛 별빛도 이슬로 녹아들고

그리움은 저기 저 산에 있어
그늘진 숲가에 잠시 쉬어간들
영혼일랑 맑고 곱게 씻어
산그늘에 두었지

곳곳에 지쳐 누운 돌부리, 나뭇등걸
잔잔히 여울지며
머물며 휘돌아 흐르고
메마른 땅은 깊이로 스미어 지나

구름 한 자락 등 떠밀어
해 저문 가을날

투명한 영혼에 품어가는 소망 한 줄기
길이길이 누리리라

부활

빼어난 아미(蛾眉)에 갈매빛 옥 이슬 맺혀
연한 잎새의 떨림으로 마음 깊은 시름조차 알던 터
불여귀 울던 여름 한철 잦은 천둥번개 치더니만
애초에 살던 다운산(多雲山) 자락 산전 양지바른 터 그리움
차마 가슴 저미어 보낼 수 없는 겨운 목숨 바친 님은
맨 처음 신화이었듯 즈믄 하늘에 달로 별로 두려니
불타듯 허물어가듯 증오, 이 가면의 마음을 용서하소서
사랑한 죄밖에 참회할 게 없으니 연민으로 살게 하소서
신이 사랑하시었듯이 그 같은 관용을 허락하소서
늘 한 가지 말만 되풀이하여 뜨겁고 아팠던 여름
기갈과 고요의 가을 내엔 잔잔히 구름이 지나고
상처 깊은 바다를 감싸 안아 너울이 밀려오면
뜨겁던 햇살의 기억만 두고두고 아름다운 이름으로 남아
거울에 되비친 순화된 영혼 고운 님 눈매에 미소가 돌아
영성의 꽃핌 뒤에 오는 부활의 꽃이여

장호의 바다

기다려 조바심하여
늘 깨어 지나는
초가집 숲 언덕 둘러
소담한 바다
발끝에 까칠한 모래알
추억처럼 밟혀오고
암초에 설렁이는 해초
바람 끝에 묻어와
어린 가슴향 아련히
흘러온 세월 잊혀진 이야기들
저만치 호젓한 섬으로 나앉고
아득한 기억의 바다에
한 자루 촛불 밝혀
외로이 등대 끝
그대 눈동자

꿈

꿈을 잊었다
고단한 일상에서
날마다 밤마다 한 땀씩
눈물로 맺어 흐르던
달빛 별빛으로 꽃무늬
그 고운 꿈을 잊었다
생의 어느 한 모퉁이에서
평범한 일상으로 이어질까
꿈마다 마주 빛나던 선한 눈매를
어디쯤 외길에서 마주칠까
잠 속에서나 오늘로 내일로
끊어질 듯 이어지는
고운 꿈, 행복한 꿈
그 꿈을 오늘은 잊어야지

해 저문 들녘에서

해 저문 들녘 길
넘실대는 숱진 머릿결
금빛 들판을 지나
하얀 손 짚어 가만
뛰는 가슴, 거친 숨결 고르는
코스모스 꽃길을 따라
수줍게 피어나는
붉은 입술 따듯한 미소
잔등 따스한 그대 가슴살
징검다리 개울에 별로 뜨는
초롱초롱한 그대 눈동자
호숫가 양지바른 언덕
현란한 풀꽃들의 눈부심
그대 두 볼에 노을로 물들어

너른 저 들녘에
우리 숨결 가득 살고 있어
아득히 홀로 걸어가는
해 저문 들녘에서

바다

멀고 깊은 바다에
서러운 사랑을 묻고
빈 마음자리에
출렁이는 바다 하나 들여놓아

물 흐르듯 세월은 가도
달 뜨고 바람 부는 밤이면
잊었던 기억은 폭풍우 일어나듯
기억 속에 몰아친다

그 푸르렀던 날들
향기로웠던 오월의 언덕
그리워 그리워해도
파도처럼 부서지는 날들

정녕 지울 수 없어
너의 눈빛 노을에
숨 막힐 듯 애잔함으로
가슴 저미어 울음을 참아도

내 서러운 사랑은
멀고 깊은 바다에 잠들어 있지
꿈꾸듯 한갓진 숨결 물이랑에
곱고 숱진 머릿결
해초처럼 이리저리 쓸리며
서럽고 쓸쓸하게 잠들어 있지

안개

문을 나서다 천 길 벼랑 끝
눈물 속에 너를 만난다
떠나야 할 시간, 가야 할 길목마다
젖은 가슴 풀어헤치고
출렁이는 그리움으로 막아서며
이리저리 바람결에 쏠리는 대로
나를 향해 마주 오는
은빛 날개 고운 꿈
안개꽃 하얀 물 숲에 갇히네
그대 꿈속 황홀한 슬픔의 그늘
도린곁에 위리안치(圍籬安置)
풀숲에 눕고 꽃잎에 뒤척이다
여린 가슴 속살엔 푸르른 멍이 돋아
이런저런 인연의 옹두리
아무것도 지울 수 없다
어쩔 수 없어
꿈속에 그대를 안아 감추네
어디에도 없는 기막힌
물빛 창백한 형상 지천으로 깔린
두꺼운 마음의 숲

부두에서

그대는 떠나고
멀고 험한 물길로 멀어져가는
어둑한 뒷모습
너울대는 그림자 위로
아득히 눈은 내리고
홀로 남겨진 산 그림자
싸늘한 기억을 부둥켜안아
웅크린 채로 굳어간다
어쩔 수 없다
사랑은 필연이 아니더라도
영혼에 영혼을 보태어
더욱더 외로울 수 있으니
슬픔은 슬픔대로
그리움은 그리움대로
깨어지고 부딪히고 후회하게
내버려두어라

난(蘭)

한철 바람을 만나
산사로 가는 길
산전 고른 터엔
자잘한 풀꽃 더미
눈만 어려서
가다가 되돌아서
물길 따라 내리다
그늘진 풀섶에 옷고름 문
청초한 그 향기에
건성 마음에 옮기어
심어두었더니만
이젠 철마다 첫새벽
자라나는 맑은 꿈은
아주 그만두고라도
어디 차마
즈믄 하늘에나
두고 싶은 마음

황혼(黃昏)

그리운 마음의 노래
지평선 너머 잠기어가고
서러운 이내 영혼에
별이 돋는다
바람 더욱 서늘하고
황토에 피어나는 노을빛이
그대 두 볼에 번질 듯
먼 훗날 그리울 이야기들
눌리어오는 어둠의 무게로
이 밤 침묵으로 사위려나
그대 고즈넉이 눈을 들어
머리카락 추스르며
고동치는 사념들 잠재워주오
아련히 밀려오는 희망의 노래
영원한 미소로 새기어주오
그대 고운 꿈은 내 길 속에
내일이나 영원이나 먼 훗날
선한 마음 흘러가버린
그 어느 계절의 허허로움이여
아카시아 꽃 숲 위로

기억의 철새가 지나면
언제 다시 그려보랴
네 영혼의 깊은 곳을

새벽꿈

달이 진다
사해를 잠재우고 돌아온
바람의 부드러운 손길로
어루만지듯
손풍금의 선율 따라
싸하니 바다가 밀려오고
검고 흰 무수한 건반들이
마음에 집히어 소리 낸다.
사위엔 가득한 은빛 안개
숨죽여 가슴을 밟고 지난다
꿈길 끝 지킴이 별 한 점
긴 꼬리를 끄을며 사라져간 길로
당신의 하얀 손마디가
손짓하며 손 흔들며
아스라이 하늘길이 열린다
구름에 실리어 마음 흐른다
달빛에 끌리어 끝없이 흐른다

약속

첫새벽에 만나자
발끝마다 은빛 구슬
한달음에 들길을 건너
아무도 잠 깨지 않은
동쪽 바닷가
기갈과 격정으로 크는 바다
눈물과 한숨 깊게 잠재우고
환한 미소로 세상을 여는
첫새벽에 우리 만나자
고운 꿈 여미고

커피

진실의 눈으로
가만 들여다보는
갈색 부드러운 호수에
그대의 속살 냄새가 난다

손 안에 따사로이
봉긋한 네 가슴의 체온

화려한 유혹의 끝
하룻밤 불면과 타는 갈증을
쓰디쓴 추억을 거역할 수 없다

부드러운 입술에
마주 고뇌한 입술을 댄다

가을

한 잎
가랑잎으로
마음을 전한
너의 깊은 가슴께로
다가가는 길
오르고 또 오르는
화심(花心) 같은
노을에 타는 산마루
오련 더욱 붉어

낙화(落花)

비가 내리면
시든 꽃을 버리듯
꽃향기로 남은 여인들의 기억을
하나씩 지워버린다

사랑도 인연도
계절처럼 오고 가는 것
새삼 눈물로 치장하여
사치스러울 것도 없어

몇 뭉치의 편지를 태워
소지(燒紙) 올리듯, 기억 허물 듯
하늘 가득 꽃잎 내릴 때
떠날 것은 모두 떠나가라

정녕 이름 지어진 뜨거운 슬픔
차디찬 소망이라도 남아 있거든
그 길에 이렇듯 아름다운
축복을 가득 드리리

낙엽제(落葉祭)

결국은
이렇게 남겨진대도
홀로 사랑함을
말로 새기지 못한 미욱함
몇 날, 몇 밤이야
창천(蒼天)을 바라보며
손끝에 맺히던 눈물
마음 닿음 모두가 소중함이야
먼먼 인연의 회오리
어루만지듯 미련을 접고 접어서
어지러이 흩어 보내고
비로소 후련히 동트는 하늘가
벗어던진 빈 하늘이여

인두화

비학산 산그늘에서
한 촉 난을 기르며
보람에 빛나던 여름날은
잠시 꿈으로 접어두고

먹인 듯 숯불 지펴
가슴 깊이 서린 서러움을
불 인두로 새겨 그리는
봉안, 파봉안(破鳳眼)

아침 하늘에 무지개
기억은 그보다 현란한 빛깔의
짙고 여린 수묵 향으로
당당한 하늘을 학처럼 나른다

사해(四海) 일렁이는 바람에
파르라니 날 세운 비수인 듯
휘어져 매달린 꽃줄기
빛바랜 창백한 슬픔이야

잎 따라, 꽃눈 따라
초추(初秋)의 하늘 바라보면
늦더위 몰려와
사방에 불 지피는 먹구름

마른 내에 가슴 비추어
파르라니 파르라니 야위어도
문신처럼 아프게 새겨 지킬
남은 가을날은

겨울란(寒蘭)

구름 한 자락 비껴 흐르는
다운산(多雲山) 양지바른 터
설봉을 마주하여 아홉 해째
엎드려 지나는 엄동(嚴冬)

언 계곡이 풀리면서
물빛 영혼에 비쳐드는
적설이 녹아 흐르는 산허리
빈 숲 가득 돋아나는 봄꽃자리

가슴 시린 애증과 기갈을 견뎌
이젠 벗어던진 추운 하늘이여
구름 흐르듯 선한 눈매엔
파릇한 미소가 돌아

시절 품어 맺힌 한이야
지독한 슬픔으로 키워둔
붉디붉은 자줏빛
아홉 송이 향낭에 두리

| 제5부 |

해안 초병의 바다

바다

1

한 마음도
만들어 세울 수 없다
한 육신도
가만 눕혀둘 수 없다
끝없이 눕고 서는 일상 속에
비로소 무심한 영혼

2

스무 살 내 슬픔은
너무 젊어서
바다만큼 한 야망과
파도 같은 격정을
스스로도 어쩌지 못하는 것

3

오늘 보는 새벽 바다
파도 높게 일어
한 조각 위태로운 섬인 채로
외롭게 흔들리며 가는
아직 남은 항해일수는
칠천삼백여 일

4

허구한 날
허공에 그려보는
숱한 상념의 바다 빛
오늘 꿈꾸는 환상은
키를 넘는 파도 속에
금빛으로 환하게 부서지고

5 세암(洗巖)

갈라지고 터진 육신
차고 시린 물 속에 담고
씻기워도 씻기워도
고뇌(苦惱)하는 영혼

6

시베리아와 잇닿은
감포(甘浦)의 바다는
하얗게 밤을 새워
칼날같이 매서운 바람만 불고
혈맥과 인정마저 끊어져
주검만 거품처럼 떠다닌다

7

수평선 너머엔
아무도 닿을 수 없는
아스라이 먼먼 나라
가다 가다가 되돌아오는 지친 꿈들이
하얗게 부서지는 언덕

8

바다로 가는 바람과
불어오는 대양의 바람이
서로 만나고 포옹하는 해안
곳곳에 하얀 꽃다발이
환성과 어우러진다

9

둘만 됨을 기다려
안달하던 구름
저 멀리 수평선 넘어서
살짝 입마추곤 이내
붉어지는 하늘 빛, 바다 빛

10

오래
가슴에 묵혀두고
하루 더한 그리움으로
진하게 그려내는
그대 눈빛
노을

11

기다림의 하루해가
스며드는 심연(深淵)의 물이랑
참았던 눈물 웅얼웅얼
밤새워 흐르는
달빛

12

기약 없는 기다림이
오히려 나를 깨닫는
값진 시간이게 하소서
세월의 모래밭에서 캐어내는
금빛 자유

13

당신의 뜻으로
화려한 여름 가운데
새삼 깨닫는 고독
그 가슴 잔잔히 쓸어내리며
곁에 와 가만히 눕는 파도

14

하아얀 물꽃들이
소리 없이 피고 지는
해거름 가을바다에
노랑나비 하양나비 나풀나풀
온 마음 어지럽힌다

15

연모(戀慕)함이
차가운 계절엔
바람마저 더하여
파르라니 여위어만 간다

16

증여(贈與)도 없고
갈망(渴望)도 없으려니
그저 마음속엔
크낙한 바다 하나 들여놓아
늘 넉넉하게 하소서

17

크고 깊은 사랑은
하늘만큼 바다만큼이래
그보다 크고 깊은
알 듯 말 듯한 사랑은
어머니!

18

불쑥 가슴에
날 선 비수를 내지르곤
깔깔거리며 달아나던
여우 같은 파도가
하얗게 죽어 넘어지는 암초 위에
모로 겹쳐지는 나의 주검

19

내 곁을 맴돌던
금빛 바람 한 줄기
매운 계절풍 되어
바다 끝으로 불려간 뒤
남겨진 자리
등대!

20

가슴 끝
해원(海遠)의 벼랑에 서면
눈에 삼삼한
천 길 심연의 환락(幻樂)
내 죽음 뒤에 오는

21

거역할 수 없다
미리 알고 정하심을
그저 커다란 은총이려니
무릎 꿇고 두 손 모아
당신의 관용으로 그를 살게 하소서

22

네가 살러 간 나라
붉고 푸른 산호 숲에 덮여오는
한 자락 마음의 그늘
부디 그 나라에서는
눈물은 진주로 맺고
긴 한숨도 화평한 바람이소서

23

못다 주어
피멍 든 가슴에 솟아
바다에 흘린 눈물은
진주가 된대

24

바람 불고
물 흘러
화살같이 빠르게
바다를 지나는 배처럼
가는 세월

25

젊은 날에나 간직하고 말 일을
청승스럽게
흰머리 돋아나는 이제껏
밤새워 울고 보채는
기억의 파도

26

가을바다는
한 눈을 감아
안으로 안으로만
더욱 깊어져
긴 한숨마저 삼켜낸다

27

푸근한 눈 속에 갇혀
낯익은 산과 내(川)
꿈속에서나 다녀온 뒤
바다에는 늘 안개 끼어
눈 내리듯 눈 내리듯

28

모진 인연의 회오리
오늘 내리는 눈처럼
하늘 가득 추억으로 휘몰아쳐와
이내 무릎을 꺾고, 가슴을 터뜨리며
바다에 처박히고 마는 꿈

29

나 여기 왜 왔나
머물러 살 일도 아니고
스쳐가는 한가로운 인연도 없는데
동남쪽 바다 끝에 위리안치(圍籬安置)
탈옥할 수 없는 스물의 사랑은
오늘도 절벽을 뛰어내린다

30

초 한 자루
불 댕기어 붙이면
바다만큼 녹아드는 그리움
눈물의 바다

31

내 팔자는
천수관음(千手觀音)이래
볼 것, 못 볼 것 다 살펴보고
이것저것 다 간섭하고
괜히 혼자만 바쁘다 바빠 한다

32

바다만큼
가득 채워도
늘 절반은 비어 있는
마음속 욕망의 도가니

33

오만 잡것들이
다 흘러들어도
늘 바다만큼 푸르르게
마음 지켜 살게 하소서
사랑하게 하소서

34

높이 날아
멀리 보는
수평선 너머엔
더욱더 멀고 먼
갈매기의 꿈

35

한 점
펼쳐 보이면
하늘과 바다 맞닿은 우주
한가운데 모래알
내가 있다

| 해설 |

무장(武將)의 세한도(歲寒圖)에 대하여
— 시집 『백령, 세한도』에 부쳐

강웅식(문학평론가)

1.

시집 『백령, 세한도』는 30년이 넘는 세월을 군인으로 살았던 저자가 그동안 틈틈이 써놓은 시편들을 묶은 것이다. 이 시집의 저자는 1979년에 해군사관학교에 입교하여 1983년에 졸업과 함께 해병대 포병 소위로 임관했고, 2011년에 해군사관학교 기간을 포함한 33년 동안의 군인생활을 마치고 대령으로 전역했다. 그 기간 동안 그는 부단히 시를 썼다. 30년이 넘는 세월 동안 지속적으로 시를 쓰는 것이 결코 평범한 일은 아니다. 그토록 오랜 기간 동안 시 쓰기의 호흡을 유지하기 위해서는 그 나름의 어떤 동기가 있어야만 한다. 그런 동기로서 손쉽게 추론해볼 수 있는 것이 시인이 되고픈 열망이다. 그러나 내가 알기로, 고등학교 시절 문예반에 몸담았던 적이 있지만 이 시집의 저자는 그동안 시인으로 등단하는 일에 관심을 기울이지 않았고 앞으로 등단할 생각이 있는 것 같지도 않다. 시인 되기의 열망에서 비롯된 것이 아니라면, 그의 시쓰기를 추동한 힘은 무엇이었을까?

  우리의 의문과 관련하여 생각해볼 수 있는 것은 아마추어리즘amateurism이다. 주지하다시피 어떤 일을 직업으로서가 아니라 즐기기 위하여 하는 정신이나 태도를 가리켜 아마추어리즘이라 부른다. 그처럼 이 시집의 저자는 시를 쓰는 일이 그에게 가져다주는 어떤 특별한 즐거움 때문에 시를 썼을 수 있다. 사실 시집 『백령, 세한도』의 시편들은 아마추어리즘의 산물이라 할 수 있다. 이 시집의 저자가 등단의 절차를 거치지 않았기 때문에 하는 말이 아니다. 이 시집 그 어디에도 전문적인 시인이라면 응당 가져야만 하는 어떤 근원적인 질문이 부재하기 때문에 하는 말이다. 그 질문이란 '시란 무엇인가?' 이다. 모든 진정한 시인의 시쓰기를 추동하는 힘은 바로 그 질문에서 나온다. 시인의 시쓰기는 스스로 그 질문을 던지고 거기에 답변하는 과정이다. 전문적인 시인은 그 과정에 자신의 모든 삶을 봉헌하는 사람이다. 시를 쓰는 일은 그에게 즐거운 것이라기보다는 차라리 고통스러운 것이다. 시인으로서 그의 운명은 그렇게 고통스러운 일을 마치 즐거운 일을 하는 것처럼 해야만 한다는 데 있는지도 모른다.

  시집 『백령, 세한도』의 시편들이 생성되는 기간 동안

이 시집의 저자는 시인으로 살지 않고 군인으로 살았다. 그 기간 동안 그에게 무엇보다 중요한 것은 진정한 시인이 되는 문제가 아니라 진정한 군인이 되는 문제였다. 그런 점에서 이 시집의 시편들은 본업의 산물이 아니라 여가의 산물이며, 이 시집의 저자에게 시쓰기는 '본 직업 외에 재미나 취미로 즐기는 일'이라는 의미에서의 도락(道樂)이었다고 말할 수 있다. 그것은 말 그대로 아마추어리즘의 시쓰기다.

그런데 이 시집의 시편들에는 그것들을 아마추어리즘의 산물로만 규정할 수 없게 만드는 어떤 잉여 혹은 과잉이 있다. 자신의 직업인 군인의 삶을 위해서 살아가는 시간의 변두리에 놓여 있어야 할 시가 기이하게도 그 시간의 한가운데에 놓여 있는 것이다. 이 시집의 저자는 「내 길에서」라는 시에서 "훈장이 아니어도/장군이 못 되었어도/시(詩)처럼 맑고 푸르러이/군인을 살다 간/이름 없는 고귀한 사나이들의/진한 땀과 피/눈물 얼룩진 길"에 대하여 말한다. '훈장'과 '별'(장군)은 진정한 군인으로서의 삶의 이행에 따른 가장 명예로운 보상의 상징이다. 그런 사정 때문에 그것들은 군인들로 하여금 어떤 전도(顚倒)의 마법에 걸리게 하는 마물(魔物)이 되기도 한다. 그런 마법에 현혹될 때 군인이 진정한 군인으로서의 삶의 이행이라는 염불에는 관심이 없고 훈장과 별이라는 잿밥에만 눈독을 들이게 된다. 이 시집의 저자는 그런 전도의 마법에 대한 일종의 대항마법(對抗魔法)으로 시를 이끌어 들인다.

그에게 진정한 군인의 길은 "시처럼" 맑고 푸르게 사는 길이다. 여기서 맑음과 푸름은 맑다는 점에서 동일한 어떤 것을 가리킨다. '푸르다'라는 낱말의 뜻은 '(사물이나 그 빛이) 맑은 하늘빛이나 풀빛과 같은 색을 띤 상태에 있다'이기 때문이다. 맑음이란 티가 섞이지 않은 깨끗함, 때가 묻지 않은 순수함, 탁하지 않음, 또렷하고 초롱초롱함이다. 그것은 어떤 것의 본질이 훼손되지 않고 지켜짐을 의미한다. 이 시집의 저자는 그런 지킴의 형식을 시라고 말한다. 예로부터 시(詩)는 지(持)였다. 지(持)의 뜻은 단정함을 지킨다는 것이다. 다시 말해서 생각을 바르게 함으로써 인간의 성정(性情)을 바르게 하려는 것이 바로 시였다. 자신의 직업이 아니기에 시 쓰기는 이 시집의 저자의 삶의 중심에 놓여 있지 않음에도 시는 그의 삶의 중심에 놓여 있다. 아마추어리즘의 시라고 규정할 수 있는 이 시집의 시편들에 어떤 과잉이 있다고 말하는 근거는 바로 그와 같은 사실에 있다.

2.

『백령, 세한도』의 저자가 소위로 임관하고 병과 교육을 받은 후 처음으로 부임한 곳은 경북 경주시 감포읍 해안이다. 그곳에서 스물네 살의 그는 보병소대장으로 6개월 동안 근무한다. 그 시절에 생성된 시편들이 바로 〈해안 초병의 바다〉라는 제목으로 묶인 35개의 단상들이다. 제목 대신 일련번호가 붙여져 있는 그 단상들은 바다의 풍경들과 그것을 바라보는 마음의 풍경들로 이루어져 있다. "꿈", "사랑", "눈물", "기다림", "고독", "연모", "슬픔", "격정", "자유" 등 20대 청춘의 감성적 내면을 보여주는 낱말들이 흔하게 출몰하는 그 단상들에서, 우리는, "나 여기 왜 왔나/머물러 살 일도 아니고/스쳐가는 한가로운 인연도 없는데/동남쪽 바다 끝에 위리안치(圍籬安置)/탈옥할 수 없는 스물의 사랑은/오늘도 절벽을 뛰어내린다"(「29」)에서 볼 수 있는 것 같은 피 끓는 청춘의 정서적 내출혈, "한 점/펼쳐 보이면/하늘과 바다 맞닿은 우주/한가운데 모래알/내가 있다"(「35」)에서 볼 수 있는 것과 같은 존재론적 고독, "오만 잡것들이/다 흘러들어도/늘 바다만큼 푸르르게/마음 지켜 살게 하소서/사랑하게 하소서"(「33」)에서 볼 수 있는 것과 같은 정결하고 순정한 삶에의 회구 등을 발견한다. 군인이라는 신분과 그 표지인 군복에 둘러싸인 20대 청춘의 열정과 내면적 성찰을 보여주는 그 단상들에서 가장 눈에 띄는 대목은 죽음과 연관된 것이다. 이 시집의 저자는 바위에 부딪쳐 생기는 파도의 물거품에서 파도의 주검과 거기에 겹쳐지는 자신의 "주검"을 보고(「18」), "해원(海遠)의 벼랑"에 서서 자신의 "죽음" 뒤에 대면하게 될 "천 길 심연"을 본다(「20」). 그 대목에서 그가 죽음과 연관된 자신만의 특별한 내면 체험이나 그에 따른 자기만의 고유한 죽음의 감각과 이해를 보여주는 것은 아니다. 그러나 그 이후로 죽음의 문제는 그의 시편들에서 군인의 존재론적 본질, 더 나아가 인간의 존재론적 본질에 대한 이해의 밑바탕이 된다. 그런 사정을 잘 보여주는 것이 「비상」이라는 시의 다음과 같은 대목이다.

모두의 곤한 꿈 저편의 어둠 속에서
피곤한 육신을 일으켜 세워
찬찬히 전투복을 챙겨 입고 문을 나서다
가만, 갓전등을 켜고는
남기고 가는 것들을 둘러본다

안분과 자족의 삶을 지켜
하루하루 성실하게 살아온
정돈된 공간에 남겨진
스물 몇 해의 시리고 아픈 추억들과
손때 묻은 몇 권의 책들
펼쳐진 노트에 쓰다가 만 몇 줄 시처럼
미완성인 채로의 어설픈 내 삶을 버려두고
어느 미명의 새벽 나는

이렇게 떠나야만 하는가

죽음을 맞이하러
칼날같이 매서운 바람 일렁이는
낯선 산을 넘고, 험한 바다를 건너
어머니 품처럼 따스함이 남아 있는
펼쳐진 대로의 이부자리
기약 없는 훗날 돌아와 저 포근함 속에
고단한 육신을 눕힐 수 있을까

—「비상」부분

　제목이 말해주다시피 위의 시는 비상 호출로 숙소를
나서는 군인의 심리 상태를 보여준다. 군인의 신분이
아닌 사람들에게도 신속하게 대처해야 할 뜻밖의 긴급
한 사태가 벌어질 수 있다. 그러나 군인에게 비상은 군
인이 아닌 사람들이 겪을 수 있는 수준을 훨씬 넘어서
는 성질의 것이다. 위의 인용 부분 가운데 "죽음을 맞이
하러…… 낯선 산을 넘고"라는 구절에서 볼 수 있는 것
처럼 군인에게 비상은 언제나 죽음을 환기시킨다. 사실
군인은 전쟁이라는 절대적 비상사태를 위한 존재다. 전
쟁 상황에서 전투에 투입되는 군인은 자신의 생명을 내
놓은 것이나 다름없다. 다행히 살아서 돌아올 수도 있
겠지만 그것은 알 수 없는 일이다. 평상시에 군인은 국

가의 일반 공무원이나 기업의 직장인처럼 일하고 그에 따른 보수를 받는다. 그런데 그 보수라는 것은 어쩌면 일상적 업무의 대가가 아니라 비상시에 직면하게 될 죽음의 위험에 따른 생명수당일지도 모른다. 그런 맥락에서 직업군인이란 비상시에 자신의 목숨을 내놓겠다는 서약을 한 사람이며, 따라서 평상시에도 자신의 관을 둘러메고 다니는 사람이다. 위의 시에서 화자는 비상 호출을 통하여 미구에 닥칠지도 모를 자신의 죽음을 앞서 달려가 보고, 그렇게 대면한 죽음을 통하여 직업군인의 존재론적 숙명을 꿰뚫어 본다.

그리하여 『백령, 세한도』의 저자에게 죽음 의식(意識)은 살아 있는 순간의 실존적 감각을 자극하는 강력한 촉매가 된다. 전투 훈련의 체험을 토대로 씌어진 시편들에서 그가 "옷깃에 젖어드는/아스라한 들꽃 향기" 와 "철모를 벗고/무장에 기대어 듣는/돌에도 스며들 듯 풀벌레소리"(「오수(午睡)」), "누룽지, 우거지국 익어가는 냄새/개울 건너 토담마을의 저녁연기" 와 "우두커니 지워지는/산죽(山竹)들의 그림자"(「노숙(露宿)」) 등에 그토록 민감하게 반응하는 이유도 바로 그와 같은 사실에 있을 것이다.

3.
흔히 진정한 군인 정신의 상징으로 이인호 소령을 꼽는

다. 그는 역설적이게도 죽음으로 불멸에 이른 인물이다. 그는 인간으로 죽어서 불멸의 신화가 되었다. 그러나 어떻게 생각하면 이인호 소령이 되는 일은 덜 어려운 일인지도 모른다. 보르헤스의 어느 소설의 구절처럼, 예수 그리스도를 위해 사자 우리에 던져져 맹수의 먹이가 되는 것은 사도 바울과 같이 평생토록 예수 그리스도의 삶을 살아야 하는 것보다 덜 힘든 일인데, 왜냐하면 한 번의 행동은 사람의 전 생애보다 빠른 법이기 때문이다. 단 한 번의 행위로 직업군인의 존재론적 숙명을 완성한 이인호 소령은 사자 우리에서 그토록 처참하고 두려운 죽음을 맞이했던 순교자들과도 같다. 평생 동안 자신의 관을 둘러메고 진정한 군인으로 살아가고자 하는 직업군인의 삶은 온갖 박해와 시련 속에서도 평생토록 예수 그리스도를 닮으려는 삶을 살았던 사도 바울의 그것과 같다.

『백령, 세한도』의 저자는 나름의 죽음 의식을 통하여 직업군인의 존재론적 본질을 파악했고, "시처럼" 맑고 푸르게 산다는 좌우명과 함께 사도 바울의 삶과 같은 삶의 지향을 선택했다. 그가 사도 바울처럼 살았다는 말이 아니라 그런 삶을 열망했다는 말이다. 그와 함께, 그의 곁에서 살지 않았기에 나는 그가 자신의 열망처럼 그렇게 살았는지 알 수 없다. 그런데 내 앞에는 30년이 넘는 직업군인으로서의 삶 동안 그가 일심으로 그려놓은

한 폭의 세한도(歲寒圖)가 펼쳐져 있다. 그것은 바로 시집 『백령, 세한도』다. 이 시집에 실려 있는 많은 시편들은 그것들 각각이 한 폭의 세한도이면서 동시에 『백령, 세한도』라는 전체 세한도의 유기적인 부분 조각들이라 할 수 있다. 그 한 조각의 모습은 다음과 같다.

강 같은 바다 건너
몽금포, 우거진 미림(美林) 위로
만 리를 날아 대륙을 넘나들던
장산곶 장수매의 울음소리 외로운
백령의 정수리, 여기가 내 자리
마땅히 내 있어야 할 그 자리
진(陳)마다 장검의 푸른 빛 가득하고
의로운 용기 깃발처럼 펄럭이는
자유의 섬, 한 치 박토를 지켜
젊은 호흡, 힘찬 맥박이 새롭고
서슬 푸른 정열이 뜨거운 여기가
내 자리, 내 죽음의 자리일지라도
기꺼이 이 자리에 남아
모두들 떠나든 잊혀지든
푸르른 수의(壽衣) 더욱 푸르러이
올곧게 안분(安分)과 자족(自足)의 삶을 위하고
분열과 고난의 역사를 감싸 안아

이 땅에 비, 바람 그치고
장엄한 금수강산에 맑은 피 흐르고
튼튼한 허리에 푸른 새살 돌아오는 날 기다려
굳건히 이 자리를 지켜 서리라

　　　　　　　　　　　　　　　　—「백령, 세한도」 전문

　위의 시에서 "백령"은 분단 상황에서 서해의 가장 북쪽
에 있는 바로 그 섬이다. 그곳은 이 시집의 저자가 소령으
로 진급한 후 부임했던 그의 근무지다. 직업군인에게 자
신의 근무지는 실존적 주체로서 자리 잡기의 거점이 되
는 곳이다. 이 시집의 저자는 우리가 앞서 살펴본 그의 죽
음 의식과 실존적 주체로서의 자리 잡기를 결합하여 자
신의 근무지인 "백령"을 자신의 "죽음의 자리"라고 부른
다. 죽은 자의 옷인 "수의(壽衣)"는 자신의 군복을 말하
는 것일 터, 이는 그가 죽음의 그림자와 항상 함께 살아야
하는 직업군인의 존재론적 숙명을 실존적 주체의 의지로
받아들였음을 뜻할 것이다. 편안한 마음으로 자신의 분
수를 지켜 스스로 만족하는 "안분과 자족의 삶"도 자신
의 삶에 대한 소극적이고 수동적인 순응의 표현이 아니
라 언제나 삶과 죽음이 공존하는 직업군인으로서의 존재
론적 숙명을 일종의 운명애(運命愛;Amor Fati)로서 받아
들이겠다는 의지의 겸손한 표현일 것이다.

　그런데 우리는 여기서 한 가지 의문을 갖게 된다.

그 의문이란, 자신의 근무지를 역설적인 실존적 거점으로서의 "죽음의 자리"로 받아들이는 장소애(場所愛;topophilia)와 자신의 자율적 선택일 수 없는 운명을 자신의 의지적 선택으로 전환하는 운명애를 보여주는 위의 시에 어째서 '세한도'라는 이름이 붙여졌는가 하는 것이다. 잘 알려져 있다시피 '세한도'는 완당(阮堂) 김정희(金正喜)가 제주도 유배지에서 그린 수묵화(水墨畵)의 이름이다. 그 그림에는 더없이 초라하여 곧 허물어질 것만 같은 초가 한 채를 중심으로 그 양편에 각각 두 그루의 소나무와 잣나무가 그려져 있다. 유배지에서 세한(歲寒)의 삶을 살고 있는 자신에게 제자 이상적(李尙迪)이 자신을 잊지 않고 귀한 서책을 구하여 보내준 것에 감동하여 완당이 그에 대한 답례로 그려 보내준 것이 바로 저 유명한 '세한도'다. 완당은 자신의 「세한도」에 창작 동기와 연관된 발문을 적어놓았는데, 그 내용 가운데 "세한 연후에야 송백의 후조를 알게 된다"(歲寒然後知松栢之後凋)라는 공자의 말씀이 인용돼 있다. "후조(後凋)"는 식물 따위가 늦게 시드는 것을 뜻함과 함께 사람이 간난에 견디며 굳게 절조(節操)를 지킴을 뜻한다. 완당이 쓴 발문의 문맥에 근거하자면, 공자의 말씀을 인용한 완당의 의도는 자신에 대한 이상적의 변함없는 마음을 칭찬하기 위한 것으로 보이는데, 『백령, 세한도』의 저자는 완당의 「세한도」의 이미지와 발문의 구절을 혹독한 상황 속에서도 변함없는 초심과 의지의 지킴을 뜻하는 것으로 해석한 듯하다.

여기서 중요한 것은 그런 해석의 타당성 여부가 아니다. 중요한 것은 특히 백령도에서 근무할 때 생성된 시편들에서 '변함없는 초심과 의지의 지킴'이라는 주제가 무수히 반복되면서 변주된다는 사실이다. 「적소(謫所)에서」, 「백령·난(蘭)」, 「무소식」, 「소설(小雪)」, 「오월」, 「난(蘭)을 치다가」 등과 같이 '세한도'의 이미지가 직접적으로 전경화돼 있는 시편들은 말할 것도 없고, 「겨울나기」, 「못 빼기」, 「그릇 깨기」, 「텃밭에서」 등과 같이 일상에서 그 소재를 구한 시편들이나 「설동백」, 「강」, 「가을 고백」, 「사랑」, 「가을 내」, 「장호의 바다」, 「꿈」, 「해 저문 들녘에서」 등과 같이 연가(戀歌)의 외양을 취하고 있는 시편들의 경우에도 언제나 그 밑바탕에는 '세한도'의 이미지가 깔려 있다. 그리하여 『백령, 세한도』의 저자에게 시쓰기는 변함없이 초심과 의지를 지키려는 정신의 단련과 같은 것이 된다. 이 시집의 시편들에서 옛 선비들이 심성을 기르고 심의(心意)와 감흥을 표현하는 교양적 매체로서 삼았던 문인화(文人畵)의 흔적이 엿보이는 것도 결코 우연은 아닐 것이다. 물론 선비들이 자신들의 그림에 담고자 했던 문기(文氣)와 서권기(書卷氣)를 무장(武將)의 기개와 낭만적 격정 같은 것이 대신하고 있긴 하지만 말이다.

4.

작품의 완성도라는 피해갈 수 없는 명령과도 같은 강제의 의하여 이 시집의 저자는 시를 쓸 때마다 적절한 말을 고르고 골라진 말들의 소리와 뜻이 조화되도록 부단한 조율의 과정을 거쳤을 것이다. 그럼에도 그의 시편들은, 전문적인 시인들의 그것과 비교할 때, 순하게 말하면 전통적이고 거칠게 말하면 낡은 형태를 취하고 있으며, 그 언어들은 담백하지만 동시에 투박하다. 그런데 그렇게 낡은 형태와 투박한 언어에도 불구하고 그 시편들이 보여주는 어떤 힘이 있다. 그것은 진정성의 힘이자 감동의 힘이다. 아마도 그런 힘은, 그의 시쓰기가 '시(詩)는 지(持)다' 라는 시의 본질에 근거하고 있다는 사실에서 기인할 것이다. 그 어떤 첨단의 시론도 '시(詩)는 지(持)다' 라는 명제를 외면하기는 어려울 것이다. 그것을 외면한 시에 새로움은 있을지 모르지만, 거기에서 시는 사라지게 될 것이다. 시집 『백령, 세한도』의 시편들은, 시를 읽고 그것의 의미와 의의를 탐색하는 일이 운명이 되어버린 내게 결코 가볍지 않은 질문을 던지는 것 같다. 시에서 낡음과 새로움이란 무엇일까? 시란 얼마만큼 낡은 것이며 또한 얼마만큼 새로운 것일까?

이제 이 시집의 저자의 시쓰기와 관련하여 특별히 궁금했던 점에 대한 질문을 사족으로 덧붙이면서 이 글을 마무리하기로 하자. 『백령, 세한도』의 시편들에는 항상 어떤 풍경이 들어 있다. 시의 화자들은 그런 풍경 속에서 무언가를 느끼고 그것과 대화한다. 그는 풍경들을 견디고 그것들을 극복하고자 한다. 그런데 흥미로운 것은 그의 군생활의 한 시점에서 풍경이 사라진다는 점이다. 아마도 그 시점은 그의 병과가 포병에서 정훈병과로 바뀌는 시점인 듯하다. 그리고 내가 보기에 그렇게 풍경이 사라지자 그의 시쓰기는 거의 멈춘 것 같다. 어떤 형태로든 그의 삶에 풍경이 다시 등장하게 될 때, 정신의 단련으로서의 그의 시쓰기는 이제는 더 이상 군인이 아닌 그에게 어떤 의미로 다가올까?

백령, 세한도

초판 1쇄 인쇄 2013년 3월 25일
초판 1쇄 발행 2013년 3월 29일

지은이 ǀ 김태은
펴낸이 ǀ 김세영

책임편집 ǀ 이보라
편집 ǀ 김예진
디자인 ǀ 강윤선
관리 ǀ 배은경

펴낸곳 ǀ 도서출판 플래닛미디어
주소 ǀ 121-894 서울 마포구 서교동 381-38 3층
전화 ǀ 02-3143-3366
팩스 ǀ 02-3143-3360
블로그 ǀ http://blog.naver.com/planetmedia7
이메일 ǀ webmaster@planetmedia.co.kr
출판등록 ǀ 2005년 9월 12일 제313-2005-000197호

ISBN 978-89-97094-29-5 03810